유령의 벽

유령의 벽

세라 모스 소설
이지예 옮김

Ghost Wall
Sarah Moss Novel

프시케의숲

그들의 손에 이끌려 그녀가 모습을 드러냈다. 가리지 않은 두 눈. 그 두 눈이 마지막 하늘, 마지막 불빛을 향해 커진다. 마지막 추위가 그녀의 손가락과 그녀의 얼굴을 깨물고, 아직 마지막일 수 없는 돌들이 그녀의 벗은 발에 생채기를 낸다. 그녀가 휘청인다. 그들이 그녀를 단단히 붙잡는다.

거칠게 할 필요 없어. 무엇이 기다리고 있는지 다들 아는걸.

그녀의 몸 깊숙한 곳으로부터, 척추 마디마디와 갈비뼈 아래 넓은 혈관으로부터, 자궁 속 공허함과 부풀어 오르는 가슴으로부터 그녀는 떤다. 공포에 찬 몸. 그들은 겁에 질린 몸을 이끌어 토탄을 지나 길을 따라가고, 그녀의 맨발은 암석과 날카로운 골풀의 고통에도 무감각하다. 송가를 부르는 소리가 높아진다. 북소리는 느려지는 듯하여 최후의 극심한 공포가 찾아온 그녀의 심장과 어긋난 박자로 울

린다. 추위에 몸을 꽁꽁 싸맨 다른 이들이 뒤따른다. 황혼
으로 걸어 들어가는 검은 형상들.

도착하자 그들이 그녀의 옷을 벗긴다. 어렵지 않다. 애
초에 그들은 그녀에게 헐렁한 튜닉을 입혔으니까. 창백
한 붉은빛 아래 그녀의 몸은 하얗다. 어지러이 가물가물한
안개와 곡선을 그리며 몸을 누인 갈대, 그것들과 대조되
는 굳은 몸. 손으로 몸을 가려보려 하지만 그것은 허락되
지 않은 일. 누군가 그녀를 붙잡고 있는 동안 다른 사람은
그녀를 밧줄로 묶는다. 그녀의 숨은 거칠어지고 뱉은 숨의
습기가 그녀의 얼굴에 내려앉는다. 그곳에 모인 모든 이들
이 천천히 공기 중으로 녹아 들어가는 날숨과 함께한다.

그들은 그녀가 군중을 향하도록 돌려세운다. 그녀의 이
웃과 그녀의 가족, 그녀가 걷는 법을 배울 때 그녀의 손을
잡아주고, 빵을 적셔 먹고 입술을 닦는 것을 알려준 사람
들, 바구니를 짜고 물고기의 내장을 바르는 법을 알려준
사람들에게 그녀를 전시해 보인다. 그녀는 지금 어머니 뒤
에 서서 그녀를 훔쳐보고 있는 저 아이들과 여태껏 함께
놀았고, 그들이 태어나던 날 그들을 위해 기도를 중얼거렸
다. 그녀도 저들 중의 하나였다. 평범하게.

남자들이 칼을 들고, 그녀의 머리 왼쪽, 창백한 머리칼을
들어올려 베어낼 때, 그녀의 형제와 자매들은 그녀가 움찔
하는 것을 본다. 남자들은 그녀의 머리카락 한 올 남기지
않고 모두 베었다. 이제 그녀는 저들 중의 하나로 보이지

않는다. 그녀가 떤다. 그들은 그녀의 손목에 감긴 밧줄에 그녀의 잘린 머리칼을 욱여넣는다.

그녀는 훌쩍거리고 있다. 통곡하고 있다. 그녀의 울음소리가 습지를 가로지르며 잔향을 남기고, 마가목과 자작나무의 헐벗은 가지들 사이로 울린다.

놀랄 것은 아무것도 없다.

그들은 그녀의 목에 또 다른 밧줄을 두르고, 암석 뒤로 끝자락만 남긴 채 저물어가는 태양을 향해 칼을 쳐든다. 필요한 모든 것이 준비되었다. 날카롭게 갈린 버드나무 실가지들, 돌무더기, 작고 큰 칼들. 밧줄을 비틀 막대기.

아직은 때가 아니다. 그녀가 이제 들어가고 있는 곳 문턱에 그녀를 붙잡아두는 기술이 있다. 물과 육지가 맞닿은 자락, 삶과 죽음 사이의 시간과 공간에서. 삶으로 돌아오기에는 너무 늦었어도, 아직은 때가 아니다. 곧바로 놓아주지는 않을 것이다. 완전한 죽음에 이르기까지.

어둠이 오기에는 아직 이른 시간. 탁탁 소리를 내며 타는 불, 투명한 열기 속으로 나무가 비쳐 보였다. 불을 지핀 목적은 형식적인 것, 그 이상 그 이하도 아니었다. 누구도 원하지 않았던 뜨거움에 우리는 서로서로 멀찌감치 떨어져 있어야 했다.

나무를 태운 연기가 눈을 찌르고, 돌이 등으로 파고들었다. 허벅지 아래를 간질이는 거친 튜닉. 나는 별다른 이유 없이 그저 어떤 느낌인가 볼 요량으로 신고 있던 모카신을 벗어 불을 향해 발가락을 길게 뻗어봤다. "춥지도 않잖아." 아버지가 말했다. 불을 지피자고 한 것도, 다들 지핀 불 주변에 모이라고 고집을 피운 것도 아버지였으면서. 내가 춥다면 추울 수도 있지. 속으로 생각했지만, 대신 이렇게 말했다. "네, 아빠, 춥지 않아요."

불길 사이로 얘기를 나누고 있는 남학생들이 보였다. 꼭 나무들 속으로 들어가버릴 것처럼 멀찌감치 떨어진 그들은 아무도 모르게 숲속으로 숨어 들어가 남자애들의 놀이를, 모르긴 몰라도 아마 내가 훨씬 더 잘할 것 같은 놀이를 해볼까 공모하는 것 같았다. 아버지가 앉아 있으라고 지시한 돌 위에 앉아 있던 엄마는 다른 사람들이 그렇듯 타오르는 불꽃을 뚫어지게 보고 있었고 살이 툭툭하게 오른 엄마의 하얀 무릎 위로 튜닉이 어색하게 내려앉아 있었다.

지루한 시간. 아버지는 지루해하는 우리를 고집스럽게 붙잡아두고 있었다. "어딜 가려는 거야?" 내가 일어서자 아버지가 물었다. "오줌 누려고요." 내 대답에 아버지는 불편한 기색을 드러내며 남학생들을 곁눈질했다. 마치 방금 그 생물학적 기능에 대한 나의 언급이 남학생들의 젊은 혈기에 불이라도 지필 거라는 듯이. "눈에 안 보이는 데로 가서 해."

며칠 지나지 않아 곧 우리의 발이 숲과 시내를 오가며 길을 내게 될 터였지만, 그 첫날 밤엔 발아래에 희미한 빛을 받은 부드러운 이끼가 끼어 있었고, 빨갛게 잘 익은 야생 딸기들은 내려앉은 땅거미에도 여전히 눈에 선명하여 마치 타오르는 듯했다. 나는 한 움큼 딸기를 모으려고 쪼그려 앉아 땅 이곳저곳을 짚어보았다. 손바닥에 놓인 딸기들을 입술로 집어내며 내 손바닥에 입맞춤. 박쥐들은 평평한 하늘의 깊이를 가늠하며 나뭇가지 사이 공간을 빠르게 날았다. 그때는 아직 박쥐의 소리를 들을 수 있었다. 얇은 가죽신을 신고 걷는 건 느낌이 이상했다. 나뭇가지와 돌, 물

웅덩이와 숲의 부드러운 자리들, 그들과 내 발 사이에는 오로지 빌려온—훔친—가죽 한 겹.

냇가에 다다른 나는 그 옆에 쪼그리고 앉는다. 손을 담가보고 소리를 듣는다. 돌과 토탄을 넘어 흐르는 물. 내 뒤에서, 그리고 내 머리 위에서 흩날리는 나뭇잎들. 언덕 위에서 울음을 우는 양. 이제 막 내려앉은 이슬이 신발을 뚫고 발에 스몄다. 흐르는 물이 손끝을 잡아당기고, 헤더 관목은 튜닉 아래 벌거벗은 다리를 탐험했다. 아버지가 왜 이런 곳을 사랑하는지, 왜 자연에서의 삶을 좋아하는지 이해하지 못해서 그런 게 아니었다. 실내가 더 좋다고 생각해서 그런 것도 아니었다.

불가로 돌아와보니 엄마는 불 옆에 무릎을 꿇고 있었다. 기도를 드리는 건 아니었고, 돌돌 말린 초록색 뗏장 더미들을 들어 옮기고 있었다. "실비, 이것 좀 도와줄래? 아버지 말씀이 밤사이 잘만 덮어놓으면 내일 아침이라도 당장 쓸 수 있대. 그 사람들은 늘 이렇게 했다더라. 옛날 사람들 말이야."

"그랬겠죠." 엄마 옆에 무릎을 꿇고 앉으면서 내가 말했다. "그리고 옛날에는 어떻게 하는지 보여주는 사람이 있었다는 건 아버지가 말하지 않았을 거예요. 이래라저래라 말만 하고 꺼져버리지는 않았단 얘긴 하지 않으셨을 테죠, 아마." 엄마가 몸을 일으켜 엉덩이를 발목에 대고 앉았다.

"그렇긴 해도 어쨌든 다 알고 있었을 거야, 그렇지 않니. 그때는 말할 필요가 없었겠지. 엄마 옆에서 보고 배운 게 있었을 테니까. 그리고 그렇게 말하면 못 써. 아버지 들으실라."

우리, 그러니까 부모님과 나는 바닥이 둥그런 움막에서 잤다. 이 움막은 일찍이 학생들이 '체험 고고학' 수업의 교과과정 활동으로 지어놓은 것이었는데 모두가 이곳에서 함께 자는 게 좋겠다는 아버지의 제안을 그들은 한사코 거절했다.

"원시 영국 가족의 짜임새가 요즘 가족하고 같았을 거라고 생각할 이유가 없어요. 학생들이 진짜 체험을 하고 싶으면 본인들이 만든 이 너덜너덜한 침상 위에서, 시대에 뒤떨어진 지역 영주가 하사한 사슴가죽을 덧댄 이 침상에서 우리랑 같이 자봐야죠. 아니, 굳이 정확하게 말하자면, 영주는 런던에서 살았고 여름을 노섬벌랜드에서 보내지도 않았을 테니, 영주 대신에 온 하인이 하사한 사슴가죽이겠지만 말입니다." 아버지의 말이었다.

슬레이드 교수는 모든 것을 사실에 입각해서 한다는 건 어차피 불가능한 일이고 수업의 목적이 거기에 있는 것도 아니라면서 요지는 철기시대 생활이 어땠을지 대충 맛을 한 번 보는 것이고, 그러다 보면 이런저런 과정이나 기술에 대한 통찰이 떠오를 수도 있다고 답했다. "학생들은 자기네들 좋을 대로 텐트에서 자게 내버려둡시다. 그리고 철기시대에도 텐트가 있었다는 것이 거의 확실한 사실이기도 하고요.”

“그건 동물 가죽으로 만든 텐트였고 이렇게 좋아 보이는 나일론 텐트가 아니었어요.” 아버지의 말이었다.

우리 가족이 휴가 때마다 쓰는 텐트는 살구색 컨버스 천으로 만들어진 것으로 2차 세계대전 때 누가 쓰다가 버린 거라고 해도 이상할 것 없는 텐트였다. 나는 학생들이 역사적 고증과는 달리 화려한 색깔에 방수가 되는 나일론 천으로 만들어진 텐트를 우리 가족이 자는 막사 아래 빈터, 눈에 띄지 않는 곳에 설치한 것을 일찌감치 눈치채고 있었다. 그곳은 나무들과 언덕에 가려 우리 움막에서도, 그리고 차를 주차해놓은 곳 근처에 세운 더 커다란 슬레이드 교수의 텐트에서도 잘 보이지 않았다.

“아빠, 저도 텐트에서 잘 수 있는데요. 엄마 아빠 사생활도 있고.”

그러나 아버지가 원한 건 사생활이 아니었다. 아버지가 원하는 건 내가 뭘 하고 있는지 볼 수 있는 것. “쓸데없는 소리 하지 마라. 어디서 남자애들이랑 같이 자. 부끄러운 줄 알아. 어쨌든 사생활은 근대에 들어와서 생긴 그럴싸한 개념이고, 정확히 우리는 지금 이런 것들로부터 멀리 떨어지려고 하는 거야. 요즘은 다들 숨어서 자기가 하고 싶은 걸 하려고 하지. 넌 우리랑 같이 있을 거야.”

그때 내가 하고 싶어하는 것으로 아버지가 무엇을 생각

하고 있었는지는 알 수 없지만 그게 무엇이었든 아버지는 내가 그것을 못 하게 하려고 어마어마한 주의를 헌신적으로 기울이고 있었다.

침상은 당신이 예상하는 것, 딱 그만큼 불편했다. 나는 아버지가 아무 근거 없이 고대 영국 사람들이 밤에도 낮에도 입었다고 우긴 그 간지러운 튜닉을 잘 때도 입을 순 없다고 거절했다. 하지만 기모 처리한 면 잠옷을 입어도 짚으로 채운 침대는 따끔거렸고, 농장 같은 냄새가 나는 데다가 마치 작은 동물들이 그 안에서 뛰놀기라도 하는 듯 내가 움직일 때마다 바스락거렸다. 움막 안의 어둠은 완전했고 불안했다. 등을 대고 누워 눈앞에 손을 흔들어도 아무것도 보이지 않았다. 아버지는 돌아눕더니 한숨을 쉬고는 코를 골기 시작했다. 잔다는 것이 가당치도 않게 되어 버린 불규칙한 소 울음소리.

"엄마," 내가 속삭였다. "엄마 자?"

"쉿." 엄마가 답했다. "어서 자."

"못 자겠어. 아빠가 너무 시끄러워. 엄마가 조용히 좀 시켜주면 안 돼?"

"쉿. 실비, 눈 감고 빨리 자렴."

나는 벽을 보고 모로 누웠다가 어둠에 내 등을 그렇게 내어주는 게 그다지 좋은 생각 같지 않아서 다시 등을 대고 누웠다. 짚 속에 진드기나 벼룩 같은 벌레라도 있으면 어떻게 하나. 그 벌레들이 내 잠옷 안으로 들어온다면. 아니

이미 하나가 내 발에 올라와 있다면. 아마도 다리를 타고 올라와서는 튀어 오르고 물고 또 튀어 오르고. 등에는 지푸라기를 뚫고 올라온 녀석들 여러 마리가 내 어깨에, 그리고 내 목에— "실비." 엄마가 다시 쉿 소리를 냈다.

"그만 꼼지락거리고 자. 너 때문에 거슬려서 잠을 못 자겠다."

"나는 아빠 때문에 거슬려서 못 자겠는데. 모베리에서도 들리겠어. 엄마는 어떻게 이 와중에 잠을 자?" 그때 들려오는 끙 앓는 소리, 그리고 뒤척임.

코 고는 소리가 멈췄고 엄마와 나는 둘 다 얼어붙어서 가만히 누워 있었다. 잠시 멈춤. 어쩌면 다시는 숨을 쉬지 않을지도 모른다고 나는 생각했다. 어쩌면 그게 전부, 이대로 끝. 하지만 이내 코골이는 다시 시작됐다. 판자에 대고 톱질하는 소리.

내가 잠에서 깼을 때쯤에는 문에 걸어둔 양가죽 주위로 빛이 스며 들어오고 있었다. "사실상 그들은 양을 기르지 않았을 거예요." 슬레이드 교수가 말했었더랬다. "하지만 철기시대 기술을 이용해서 동물을 죽이는 건 허용되지 않은 일이니, 우리가 구할 수 있는 것을 사용해야 할 겁니다. 사슴가죽보다는 양가죽이 장터에서 구하기가 훨씬 쉽고요." 나는 숲에서 돌칼로 사슴의 내장을 발라낼 일은 없을 거란 것에 안도하면서도, 피 보는 일에는 손사래를 치는 슬레이드 교수의 태도가 체험 활동을 통해 근대 이전의 수렵채집인의 생활 방식을 재발견한다는 그해 여름의 목적을 완전히 퇴색시킨다는 생각이 들었다. 웅얼거리면서 내가 말했다.

"이름 안에 단서가 있는데, 그렇잖아요? 수렵채집인."

"실비, 그게 무슨 말버릇이니? 방금 한 말 교수님한테 다시 한 번 해봐." 아버지였다.

"아유, 아닙니다. 그냥 짐이라고 부르세요." 슬레이드 교수가 말했다. "그리고 걱정하지 마세요. 저도 집에 이만한 자식이 있어요. 사춘기 때 애들이 다 그렇죠."

아무렴 그렇겠죠. 나는 속으로 생각했다. 하지만 당신의 사춘기 애들은 여기에 없잖아. 안 그래? 엄마랑 어디 좋은 데로 놀러 갔겠지. 안 봐도 훤해. 프랑스, 아니면 아마도 이탈리아.

몸을 돌려 등을 대고 누우니 등이 딱딱하게 배겨 있었고, 돌아눕다가 짚더미를 올려놓은 목제 선반에 팔꿈치를 세게 부딪혔다. 나는 조심스럽게 따끔따끔한 침상에서 움직여 마르고 건조한, 벌거벗은 땅 위에 벌거벗은 발로 섰다. 빛이 엄마 아빠의 침상이 비었는지 볼 수 있을 만큼 많이 들지는 않았고, 중앙에 세워둔 받침목의 실루엣도 지붕 아래 어둠 속으로 사라져가고 있었다. 철기시대에는 선조의 시체를 반쯤 연기에 태워서 텅 빈 눈이 아래를 내려다볼 수 있도록 쪼그려 앉은 자세로 묶어 서까래에 두는 사람들이 있었다. 몇몇 집은 출입구 아래에 죽은 아이를 묻기도 했는데 그건 행운을 빌기 위해서, 혹은 뭔가 나쁜 것으로 부터 보호하기 위해서였다.

엄마는 불 곁에 쭈그려 앉아 타다 남은 불을 입으로 불고 있었고, 옆에는 뗏장이 쌓여 있었다. "이게 진짜 되긴 되나 보네." 내가 말했다. "어떻게 뗏장을 떼어냈어? 불에 안 데었어?" 엄마는 다시금 숨을 크게 들이쉬고 앞으로 기대고는 입술을 그러모았다가 불길이 붙어 있는 곳을 향해 후 불었다. 햇살 속에서 잉걸불이 환해졌다. 나뭇잎의 그림자들이 깜빡였다. "보통 일이 아니었지. 이제 네가 좀 해볼래? 무릎이 남아나질 않겠어." 나는 무릎을 꿇고 팔꿈치를 땅에 대고 엎드렸고, 내 또래 학생 중 부디 누구도 이쪽으로 오지 않기를, 와서 하늘 높이 치켜든 내 뒷모습을 보지 않길 바라며 바람을 불고 또 불었다.

"머리카락 탈라. 조심하렴."

나는 대지와 초록 숲의 냄새를 맡으며 다시 한 번 숨을 들이쉬었다. "좋았어!" 활활 타오르는 불. "아침은 뭐예요?" 엄마가 고개를 저었다. "포리지." 엄마의 대답. "네가 보면 귀리죽이라고 부를 것 같긴 하다만. 우유도 없고, 내가 보기에 이건 귀리가 아니야. 호밀에 더 가깝지. 그래도 보리 같은 건 바라지 말자. 그건 요리하려면 한 세월은 걸려."

"꿀 같은 건 없어?" 내가 물었다. 나는 오트밀 양만큼 똑같이 골든시럽을 넣어 먹을 게 아니면 오트밀은 잘 먹지 않았고, 아버지는 그대로 먹기보다는 소금을 아주 짜게 쳐서 먹는 걸 좋아했는데 마치 다른 사람들이 동종 요법이나 성수를 믿듯 아버지는 소금 쳐서 먹는 것에 신앙 같은 믿음이 있었다. 암 진단을 받았던 엄마의 친구에 대해 아버지가 한마디 한 적이 있었다.

"모든 암이란 건 말이야, 사람이 섬유질을 먹어야지. 그 가공된 쓰레기 식품들, 아침 대용 시리얼 같은 거, 또 뭐야, 여하튼 그런 거랑은 체질적으로 안 맞는 거야. 차라리 시리얼 상자를 먹는 게 낫겠네."

"엄마, 저녁은요? 그리고 오후 간식은?" 내가 물었다. "아침에 네가 모아오는 거 아무거나. 생선이 될 수도 있고, 요즘 같은 때면 산딸기 열매들은 확실히 있을 거야." 아니. 나는 생각했다. 생선은 모아오는 게 아니지. 생선을 가져오려면 살생을 해야 하고, 그 살생을 하게 될 사람이 엄마는 아니잖아. 하지만 나는 이렇게 말하는 대신 불에 불쏘시개 막대를 몇 개 더 넣고, 학생들이 고고학 현장 학습 활동으로 쪼개놓은 잘 건조된 통나무도 하나 넣었다.

엄마는 불 지핀 곳 가장자리 쪽으로 큰 돌들을 밀어 옮기기 시작했고 나도 도왔다. "돌 사이사이가 충분히 멀어야 솥이 안 넘어가." 엄마의 말이었다. "아버지가 그러시던데 나중에 솥 매달 틀을 우리가 만들 거라더라. 틀이 아니고 뭐라더라, 아, 삼발이."

"뭐로 만들어?" 내가 물었다. "아버지가 대장간 일을 하려고 하는 거야? 아니지?" 대장간 일은 아버지가 경이롭게 여기는 일 중의 하나였다. 아버지는 기억하고 있다고 했다. 마을의 마지막 대장장이. 그는 전쟁이 끝나고 몇 년 지나지 않아 일을 그만뒀는데 아버지는 허락을 맡고 대장간 입구에 서서 단단한 쇳덩이가 붉게 빛나는 액체로 변했다가 다시 단단해지는 것을, 쉭쉭 소리와 함께 갑자기 자욱하게 피어오르는 수증기를, 상처 난 대장장이의 손을 본 적이 있노라고 했었다. "옛날에는 그게 신성한 일이었어." 아버지가 말했다. "불, 액체, 그리고 불에 달궈진 칼날들."

엄마는 어깨를 으쓱할 따름이었다. "지금은 돌을 사용하라는 게 아버지 말씀이셔. 실비, 이제 가서 솥 좀 가져올래? 문 바로 옆에 있어." 솥은 무쇠솥이었고, 엄청나게 무거웠다. 나는 쪼그려 앉아 무쇠솥을 그러안고 무릎으로 받쳐 들어올려보려 했으나 역시나 말도 안 되는 시도였다. "이런 젠장, 엄마." 내가 말했다. "그냥 토스트 조각 먹으면 안 돼? 소시지 몇 개 꼬챙이에 끼워 먹으면 되잖아요."

그러나 나는 엄마의 표정을 읽을 수 있었다. 내가 입을 열지 말았어야 했구나. 내 뒤에 아버지가 있었다. "철기시대 사람들이 토스트를 먹었을 리 없다는 건 너도 잘 알고 있겠지. 그리고 그런 쓰레기 음식 몰래 먹다가 내 눈에 띄기만 해봐. 곱게 넘어가지 않을 거다. 알아들었어?"

"네, 아빠, 잘못했어요. 그냥 농담으로 한 말이었어요."

"그런 말은 농담으로라도 하지 마라. 그런 웃기지도 않은 소리로 무슨 농담."

"……."

"그리고 가서 옷 갈아입어라. 네 튜닉은 어디 갔어? 그 파자마 입은 꼴 보기 싫다. 네 그런 꼴을 슬레이드 교수가 보는 것도 아주 싫고."

슬레이드 교수. 나는 따져 말할 수 있었다. 슬레이드 교수야말로 모카신 때문에 발에 물집이 잡힐까 봐 테니스 양말을 신는 사람이라고.

하지만 나는 움막으로 돌아가 할머니가 엄마에게 물려줬다는 여행 가방을 헤집어 속바지와 브래지어를 입고 따끔거리는 튜닉을 입었다. 오기 전부터 이것 때문에 집 주방에서 실랑이가 있었다. "하지만 정작 가서 보면 속옷은 집에서 가져간 걸 입는 편이 당신도 좋으실 거예요." 엄마가 말했었다. "누구든 뭐라도 보면 어떻게 해요. 그 남자애들하고 우리 실비하고." 엄마는 그런 방법으로 칫솔에 관해서도 양보를 얻어냈다. 옛날 사람들은 칫솔 같은 것 때문에 걱정하지 않았다고, 어차피 치아를 잃을 때까지 길게 살지도 않았을 거라는 아버지의 이유에 굳게 맞섰다.

그리고 하나 더, 마침내 탐폰까지. 아버지는 그때도 늘 하던 말을 다시 한 번 일렀었다. 어쨌든 옛날 여성들은 그렇게 사방에 피를 흘리고 다니는 일을 평생토록 반복하지도 않았고, 이 모든 것은 나중에 먹을 게 줄어들고 여성의 생리가 모두에게 이익을 주게 됐을 때 시작되었다고. 그렇

게 여자가 임신을 하게 되었고 자연의 섭리에 따라 그들의
능력이 닿는 한 오래도록 아이를 먹였다고. 이 이야기는
나나 엄마가 생리대를 사는 걸 보게 될 때마다 아버지가
했던 말이기도 했다.

"그 시절에는 말이야, 여자들이 알아서 잘 처리를 했어."
아버지의 말이었다. "이런 거에다가 돈 쓰지 않고도 말이
다." 그리고 결국 끝을 보는 마지막 말. "아주 지저분해."

"아니면 애 낳다가 죽었겠죠." 내가 말했다. "구루병 때
문에 죽고, 제왕절개도 없었고. 제가 임신하는 꼴을 보고
싶은 건 아니시죠, 아버지? 아무리 고대 생활 방식을 그대
로 재현한다지만."

아버지는 적고 있던 리스트를 내려놓은 다음, 들고 있던
펜을 그 옆에 가지런히 내려놓았다. 그러고는 격식 있게
일어섰다. "쉿, 어디서 그런 못된!" 그러나 엄마는 너무 늦
었다. 따귀는 이미 공중에서 시작되고 있었다. "알아서 매
를 버는구나." 엄마가 이 말을 하곤 했었지. "꼭 한 마디씩
을 더 해. 뭐 좋은 일이 있겠다고 그러니."

그게 호밀로 만든 귀리죽이었든 보리로 만든 귀리죽이
었든, 학생들이 나타났을 때까지도 죽은 여전히 열과 물의
움직임에 저항하고 있었다. 죽은 구더기처럼 부글거리는
낟알들. "엄마, 물을 너무 많이 넣은 거 아니야? 지금쯤이
면 좀 찰기가 생겨야 하는데." 내가 물었다. "내일은 둘 다
오늘보다 좀 일찍 일어나야 할 거야." 아버지였다. "다들

뭘 좀 먹어야 하는데 이걸로는 안 돼." 우리가 뭐든 좀 해 보기를 바라는, 물이 빨리 끓도록 불을 더 지피고 낱알을 불리길 바라는 아버지의 표정을 읽을 수 있었다.

분자의 교란. 중등학교 때 배운 것을 머릿속으로 되짚었다. 나는 무늬가 새겨진 주걱을 쥐고 구더기들이 한 방향으로 유영하도록 죽을 저었다. 시계 없는 삶이 주는 이익을 계속 설파하면서 집에 시계를 두고 온 사람은 아버지였으니, 우리가 늦잠을 잤다는 이유로 그가 화를 내는 건 정당하지 않았다. "옛사람들은 그들의 직감과 해를 따라 살았다. 그래서 그때는 끝도 없이 시계를 들여다보면서 숫자를 하나하나 세지 않았지. 그들은 인내를 알았던 거야."

사람들 소리가 들렸다. 웃음소리. 나는 아버지의 눈치를 살폈다. 아버지는 사람들이 웃는 것을 마뜩잖아하니까. 이내 길을 따라 올라오는 학생들이 보였다. 나는 기억하고 있었다. 피터, 댄, 그리고 저 여자아이는 몰리. 전날 밤, 그러니까 첫날 밤만 해도 다들 청바지를 입고 있었는데 그날 아침 튜닉을 입고 나오니 몰골이 나만큼이나 우스꽝스러웠다.

"이야, 다리 잘 빠졌는데." 나무들 사이에서 걸어 나오던 댄이 피터에게 말했다. "그럼, 그럼." 피터의 말이었다. "너는 네 가슴을 너무 전시하고 있는 것 같은데, 친구, 아주 보기 별로야." 가슴. 나는 다시 아버지를 봤지만 아버지는 보지도, 듣지도 않고 있었다.

남학생들을 뒤따라 몰리가 왔다. 그녀는 핵무장 해제 운동 배지를 튜닉에 달고 금발을 양 갈래로 땋아 빨간색 플라스틱 체리가 달린 고무줄로 묶고 있었다. 몰리의 머리카락 중에는 윤이 나는 소나무 목재의 나뭇결 같은 색이 있었고, 그 색이 땋아내린 머리칼의 끝부분까지 이어져 내려갔다.

"미안해요." 엄마였다. "내가 아침 준비가 늦었어요. 좀 기다려야 할 것 같은데."

"아닙니다." 댄이 말했다. "괜찮아요. 저흰 식사시간을 정해놓지도 않았는걸요. 짐 교수님이 늘 그렇게 말해서. 저흰 그냥 준비되는 대로 먹으면 돼요."

짐, 슬레이드 교수.

"앨리슨 아주머니, 제가 도와드릴까요?" 몰리의 말이었다. "정말이지 이걸 혼자 다 하실 이유가 없어요."

엄마의 눈이 나의 눈과 마주쳤다. 앨리슨. 내 친구들은 엄마를 햄튼 여사님이라고 불렀다.

엄마의 대답. "아니에요. 그럴 것 없어요. 내가 저을 수 있어요. 할 일들 해요."

그 학생들은 햇살 아래 앉았다. 수다를 떨고, 서로를 짓궂게 놀리면서. 그저 내가 책에서나 봤던 말들을 사용해서 대화를 나누고, 웃고 싶을 때 웃으면서. 나는 불쏘시개를 모으며 빈둥거렸다. 내가 끼고 싶어하는 것처럼 보이지는 않을 만큼 멀리, 하지만 무슨 이야기를 하는지는 들릴 만큼 가까이에서.

늦여름 계획들. "여행을 갈 거야." 마치 그냥 여기저기 돌아다니는 일이 시간과 돈을 현명하게 쓰는 방법이기라도 하다는 듯. 인터레일 패스, 로마와 파리. "이제는 프라하하고 부다페스트도 갈 수 있어." 댄의 말이었다. "남들 다 가기 전에 우리 누나가 작년에 먼저 갔다 왔지."

피터는 이미 베를린에 다녀왔다고 했다. 시험이 끝나고 가서 군데군데 무너진 베를린 장벽을 보고 왔다고 했다. "거기서 돌멩이도 주워왔어. 여긴 없고 집에 있지. 원래 벽에 벽화하고 그래피티가 있었거든. 그래서 돌이 핑크색이야. 죽여주게 멋있어. 장벽 위에 앉아 있었는데 사람들이 기타도 치고 노래도 부르고 밤새도록 맥주도 마셨어. 거긴 폐장시간이 없는 거야. 사실 좀 안타까워. 장벽 말이야. 이제 오는 사람마다 하나씩 집어가버리거든. 만일 이런 식으로 계속 가져가버리면 이번 세기가 끝나기 전에 하드리아누스 방벽보다도 남아 있는 게 없을지도 몰라. 가면 길들이 다시 만나고 합쳐지는 걸 볼 수 있어."

"나도 가고 싶다." 몰리였다. "직접 보고 싶어."

나는 생각했다. 베를린에 간다니. 베를린에는 어떻게 가? 버스 정류장에서 시작하면 돼? 비행기, 기차, 아니면 여러 번 환승하는 기차? 나는 영국 섬 대부분을 알고 있었다. 앵글시에 있는 홀리 아일랜드, 오크니 제도, 그리고 헤브리디스 제도의 섬들. 하지만 나는 한 번도 바다 건너에 가본 적은 없었다. 우리에게는 여권이 없었다. 돈은 어디서 난단 말인가. 댄과 피터, 그리고 몰리의 부모님은 이들의 이런 계획에 대해서 어떻게 생각하셨을까?

아버지는 고집스럽게 숲으로 가버렸고, 엄마의 얼굴은 마치 엄마만이 볼 수 있는 구름이 드리운 것처럼 어두워져서는 솥을 젓는 어깨가 구부정해졌다.

슬레이드 교수는 아침 식사 이후에 나타나서 사람들에게 이런저런 지시를 내리기 시작했다. 그 모습을 보고 있자니 의아해졌다. 저분은 철기시대에도 교수가 있었다고 생각하는 건가. 아니 어쩌면 상류층이고 책깨나 읽었다는 사람들이 다른 사람들을 통솔하는 것, 그 이외의 다른 상황은 상상할 줄 모르는 게 아닐까. 우리 아버지는 다른 누구와 비교해도 야생의 삶을, 먹을 것을 찾고 물고기를 잡고 길을 찾는 법을 잘 알고 있었다.

"너, 그리고 너는 주변에 먹을 만한 식물이 있는지 찾아봐. 세 시 반까지는 꼭 돌아오도록 해. 바구니 짜는 분이 오셔서 워크숍을 해주기로 했으니까. 빌 씨는 저와 함께 낚시를 하러 가시죠. 그리고 앨리슨 부인." 교수는 잠시 당혹스러워하는 것 같았다. 아마 순간적으로 아버지의 아내에게 무엇을 하라고 지시하는 것이 적절한 일인지 확신이 들지 않았던 거겠지. "혹시 괜찮으시면 캠프를 좀 손봐주실 수 있을까요?"

"저는요? 전 뭘 할까요?" 내가 물었다. "넌 학생들하고 먹을 거 찾으러 가봐. 뭐라도 좀 배워서 오겠지." 아버지가 답했다. "하지만 혼자 돌아다니지 말고 방해되는 행동은 하지 마라. 너한테나 이게 재미있는 놀이지 학생들한테는 일이고 공부거든. 귀찮게 굴지 말고 다녀." 나는 말했다. "저한테도 놀이 아니에요. 우린 뭘 먹어야 하고, 그렇다면 저도 가서 먹을 걸 구해야죠."

학생들은 육지측량부 지도와 수렵채집 활동을 위한 안내서를 가지고 있었다. 슬레이드 교수가 말했다. "그러니까 이건 고대 영국 청년들이 이 지역에 대해서 알고 있었던 지식을 보충하기 위한 것, 딱 거기까지야. 그들이 어렸을 때부터 쌓았을 지식에 비하면 너희들이 교육받은 건 큰 도움이 못 될 테니까."

우리는 각자 가죽 가방 하나씩을 메고 황야 쪽으로 난 길을 따라 걷기 시작했다. 그곳엔, 그런 곳이 늘 그렇듯, 푸석해진 돌담들과 소들이 노니는 들판, 그리고 하늘을 찌를 듯 높게 늘어선 철탑들이 있었고, 빨간 차 한 대가 지평선 근처를 느릿느릿 지나가는 아스팔트 도로가 있었다. 만일 저 차에 탄 사람들이 우리를 본다면, 우선 우리가 귀신이라고 생각하곤 이내 시간에 맞춰 돌아갈 수 있을까 염려하겠지. 그들이 우리를 보지 않길 원하는 내 바람의 힘 때문에, 주먹이 꽉 쥐어졌고 이가 악물렸다. 날은 일찍부터 무더웠다. 땀이 또르르 흐르는 등과 가장 가까운 언덕 위 신기루 속에 두둥실 떠 있는 헤더. 발아래 길은 부드러운 흙

먼지에 덮여 있었고, 건조한 땅속에선 하얀 뿌리들이 마치 새들의 뼈처럼 튀어나와 있었다.

"그런데 있잖아, 실비가 뭐야? 실비아를 줄여 부르는 건가?" 댄이었다. "설리비아." 내가 말했다. 그러고선 곧 내가 학교에 처음 갔던 날부터 늘 하던 말, 설리비아는 고대 영국 여신이고, 이 이름을 지어준 것은 아버지라는 말을 하려던 참이었는데, 그들은 이미 서로 눈빛을 교환하고 있었다. 댄이 말했다. "설리비아라면 지역 신 이름이잖아. 짐 교수님이 전에 이야기한 적 있어."

"노섬브리아 지역, 샘물과 연못의 신. 로마 사람들이 정한 거였지. 그럼 이 지역에서 태어난 거야?" 몰리가 물었다. "아니. 우리 집은 좀 더 서쪽이야, 번리 쪽 알아?" 그녀가 고개를 저었다. "그럼 로치데일은 들어봤지?" 그녀는 들어보지 못했다고 했다. "맨체스터 근처라고 해두자. 거기보다 좀 더 북쪽."

"아아." 몰리가 말했다. "그렇구나. 근데 너희 아버지 역사가는 아니잖아, 그치? 어떻게 이 지역 사람도 아닌데 설리비아를 아서?" 내 얼굴이 붉게 달아오르는 게 느껴졌다. "아버지는 버스 운전사야. 역사는 그냥 취미로 좋아하는 거고. 아버지는 내가 올바른 영국 토박이 이름을 갖길 바라셨어." 나는 학생들이 또다시 서로 눈빛을 교환하는 것을 보았다.

"그게 뭐. 이상한 이름 가진 사람들도 많잖아. 적어도 내 이름은 아무 글자나 무작위로 붙여서 만든 게 아니라고. 리버, 아니면 레인보우, 뭐 그런 거." 내가 말했다. "아, 아냐. 그냥 흥미로워서 그래. 그런 이름을 가진 사람을 처음 만났으니까." 댄이었다.

"그래 뭐, 이제 만났으니 됐네. 그리고 저기 봐, 저기 매가 있어. 아마 새매인 것 같은데, 날개를 봐." 나는 눈을 가늘게 뜨고 태양 속을 보았고, 매를 손으로 가리키고는 하늘 저 끝 어둠 속으로 솟구쳐 올라가는 매의 활강을 손으로 따랐다.

"눈이 좋네. 근데 올바른 영국인 이름이라. 너희 아버지가 생각하는 올바른 영국인이라는 건 뭐야?" 피터가 물었다. "아무것도 아냐. 아버지는 영국 선사시대 역사를 좋아하셔. 옛날 이름이 사라져가는 걸 수치스러운 일이라 여기시지."

"그렇구나. 그러니까 네 말은 너희 아버지는 어딘가 영국적인 것의 원형이 있고, 시간만 충분히 거슬러 올라간다면 이방인의 피가 섞이지 않은 누군가를 찾아낼 수 있다는 생각을 추종하신다는 거잖아. 설리비아라는 이름이 진짜 영국적인 이름은 아니란 거, 너도 알지?"

"그래, 설리비아는, 실비아라는 이름의 여러 가지 버전 중의 하나일 뿐이고, 실비아는 라틴어로 '숲의'라는 뜻을 가진 단어지." 내가 말했다. "그래, 나도 알아. 영국의 단어를 변질시켜 잃어버리게 한 로마. 고향에 실제로 라틴어를 할 줄 아는 사람들이 있어. 책도 있고." 나는 그들에게 이 말을 하는 동안 내 억양이 변하는 걸 귀로 들을 수 있었다. 젠체하며 말하다가 점점 화를 냈고, 그러다 다시 평소 억양으로 돌아왔다. 내 얼굴이 벌겋게 상기되고 있었다. 피터, 너도 알겠지. 피터는 무척이나 성경적인 이름이라는 거. 암석이라고 불리는 기분이 어때? 그래서 너희 부모님은 무척 신실한 기독교인이라도 돼?

큰 까마귀가 울었고, 난 눈을 가늘게 뜨고 태양을 봤다. 바로 우리 머리 위, 그곳. 까만 날개 위로 태양이 하얗게 반짝였다. 까마귀가 다시 울었다. 이것은 경고 혹은 충고. '내가 너였다면 벌써 자리를 박차고 가버렸을 거야, 친구.'

댄이 말했다. "그러니까 설리비아는 사실상 로마 이름에 더 가깝다는 거지. 아버지도 아서?" 나는 마치 이렇게 하면 질문을 떨쳐내버릴 수 있을 거란 듯이 어깨를 꿈틀거렸다. "응. 아마 아실 거야. 아버지는 브리타니아 시대에 대해서 상당히 많은 걸 알고 계시니까."

"정말?" 몰리가 물었다. "너희 아버지 버스 운전기사라며." 산마루에서는 소나무들이 몸을 굽히고 바람의 숨이 헤더를 스쳐 지나가는 것이 보였지만 바람은 우리에게 닿기 전에 기력을 다했다.

"당연히 관심이 있으시지. 그래서 우리 가족이 여기에 온 거고."

"그렇구나. 말 되네." 피터가 말했다. 이후로 한동안 우리는 서로 아무 말도 하지 않고 걸었다. 햇살이 밝게 빛났다. 까마귀는 빙빙 돌며 낮게 날았다. 나는 내 머리칼이 빨아들인 열을 느끼고 싶어서 손을 들어 머리칼을 쓸어넘겨 보았다. '너에겐 우리 발이 땅에 닿는 소리가 들리지 않겠지. 그저 피부와 옷의 움직임, 네 머리칼이 네 귓가를 스치는 소리. 우리가 가까이 다가가면 소스라치게 놀라는 들꿩.' 큰 까마귀가 뭔가 조롱 섞인 말을 우리에게 남기고 떠났다.

"그럼 대학에서는 고고학을 전공할 생각이야?" 댄이 물었다. 나는 어깨를 으쓱해 보였다. "모르겠어. 딱히 대학에 가야겠다는 계획도 없고. 별로 생각이 없어. 나는 그냥 취직해서 일을 시작하는 편이 나을 것 같아." 그때까지만 해도 아직 정부에서 지원해주는 장학금이 있었고, 대학은 아버지의 통제를 벗어날 수 있는 한 방법이기도 했지만, 동시에 내가 끝내기를 바라 마지않았던 청소년기를 더 연장함으로써 내가 진짜 인생이라고 생각했던 것을 뒤로 미루는 일처럼 보이기도 했다. "어차피 성적도 안 될걸." 내가 말했다. 그만 좀 물어봐라. 속으로 생각은 그렇게 했지만 정작 나는 내가 궁금해하는 것에 관해 묻는 법은 잘 몰랐다. 어떻게 집을 떠나냐고, 어떻게 도망가냐고, 어떻게 하면 돌아가지 않을 수 있냐고, 여기에서 베를린까지 가는 가장 좋은 방법이 뭐냐고. "우리 지금 진짜로 어디 가는 거야?" 내가 물었다. "지금 진짜로 뭘 찾고 있는 거지?" 진짜로. 나는 되뇌었다. 진짜로 그만 좀 말해라, 멍청해 보여. "너도 들었잖아. 먹을 수 있는 식물." 댄이 말했다. 그리고는 마치 자기는 다 안다는 듯이 계속 걸었고 우린 그런 댄을 계속 따라갔다.

해뜰참이 지날수록 해는 점점 더 강해져서 황야와 나무들과 샛노란 여름빛 들판을 흠뻑 적셨다. 그림자는 없었다. 빛에 과도하게 노출된 사진처럼, 그 시절에 찍을 수 있었던 그 사진들 중의 하나처럼, 나는 모든 것들을 조금씩 입체감을 잃은 채로 기억한다.

"황야에 가봐야 베리도 없고 아무것도 없을 거야, 안 그래? 헤더하고 토탄밖에 없는 데잖아. 굳이 올라갈 이유가 없지." 피터가 말했다. 나는 잠시 기다렸다가 다른 학생들을 슬쩍 보고는 입을 열었다. "뭐, 너희들도 알겠지만, 물론 내가 틀렸을 수도 있어. 하지만 빌베리를 찾아보는 게 헛수고가 되지는 않을 거야. 뭐, 어쩌면 지금이 적절한 시기가 아닐 수도 있지만. 좀 이르긴 하거든. 특히나 이런 고지대에선."

7월 중순, 8월 초면 우리 동네 뒤편 황야는 빌베리로 뒤덮였다. 아버지는 걷다가 멈추는 걸 좋아하지 않아서 장을 보는 할머니들처럼 일없이 돌아다니자고 거기까지 오르는 일은 없었는데, 그때 즈음이 되면 아버지도 내가 빌베리를 한 움큼 따서 아버지를 따라잡을 때까지 걸음을 늦추곤 했었다. 스코틀랜드에서 캠핑을 할 때는 아침나절 내내 엄마와 나는 우리가 구할 수 있는 걸 구하도록 두고 아버지 자신은 더 재미나게 구할 수 있는 음식을 찾아 나서기도 했었다.

"아, 블루베리 말하는 거구나?" 댄이 말했다. "응, 그럼. 그건 찾아볼 만하지. 그게 어디서 자라더라?" 나는 다시금 학생들을 곁눈질했다. 나는 블루베리를 말한 게 아니었다. 블루베리는 먹어본 적도 없었다. 내가 아는 블루베리란 파이를 만들 만큼 충분히 알이 단단하고 커다란 미국 빌베리로 영화 속에서나 사람들이 먹는 걸 본 적이 있을 뿐이었다. 다들 계속 걸었다. 몰리는 해를 향해 고개를 들고는 반쯤 눈을 감았다.

"아니. 난 빌베리를 말한 거야." 내가 말했다. "대개는 남쪽으로 기운 비탈에서 자라. 그리고 양들도 빌베리를 좋아하니까 웬만하면 꼭 씻어서 먹는 게 좋아. 가끔 양 오줌 속에 있는 기생충이 붙어 있을 수 있거든."

"우와." 피터였다. "너 진짜 아는 게 많다. 넌 어디서 그런 걸 다 배웠어?"

"아빠. 아빠가 가르쳐주셨어."

우리는 초록색 표지판으로 표시된 공용보도를 따라 걸었다. 돌담을 따라 이어지고 나무로 만든 출입구를 지나 황야로 뻗는 공용보도. 언덕이 높아짐에 따라 로만 데어스트리트가 보였다. 다른 지형지물과는 뭔가 다른 것으로 만들어진 것처럼, 마치 누군가 사진에 자를 대고 선을 그

어놓은 것처럼, 다음에 나타나는 언덕을 가로지르는 하드리아누스 방벽에 닿는 도로. 아버지와 나는 하드리아누스 방벽을 처음부터 끝까지, 그러니까 뉴캐슬부터 칼라일까지 걸어본 적이 있었다. 한 해 전 부활절이었다.

나는 로만 데어 스트리트 진입로를 거의 다 기억하고 있었다. 비탈진 땅에 난데없이 벼랑이 나타나는 부분. 북부 지역 농부들이 양 우리와 외양간을 짓겠다고 요새를 무너뜨리고 수 마일을 연이어 쌓은 돌을 허물어뜨리려는 수고를 감히 시도하지 못하게 했던, 그런 천년의 제 역할을 했던 곳.

아버지와 나는 그곳에서 가던 길을 멈추고 샌드위치를 먹었고, 나는 눈을 반쯤 감고서 이천 년 전 시리아 군사들이 배수로를 파고 돌을 들어올리며 나눈 아랍어 대화가 바람결에 실려 들려오는 상상을 했다. 그 느낌을 잃지 않으려고 노력하면서 나는 눈앞의 풍경에서 첨탑들과 교회 탑들을 지우려고 애썼다. 이제 막 흑림을 떠나온 경비병들의 눈으로 풍경을 보고 싶었다.

"그들은 심지어 진짜 로마 사람들도 아니었어." 아버지가 말했었다. "여기저기서 마구잡이로 온 사람들이었지. 북아프리카와 동유럽과 독일. 모르긴 몰라도 제대로 된 라틴어를 구사하는 사람은 손에 꼽았을 거다. 깜둥이 녀석들까지 있었다지. 생각해봐. 영국인들이 그걸로 뭘 했겠어. 그때까지 살면서 그 비슷한 것도 본 적이 없었을 텐데." 그날은 우리가 뉴캐슬에서 출발한 지 이틀째 되는 날이었고, 뉴캐슬의 무언가가 아버지의 심기를 불편하게 했기 때문에 나는 굳이 아버지를 건드려서 좋을 것이 없다는 걸 알고 있었다. '깜둥이'라는 말을 쓸 정도면 그나마 어느 정도 누그러졌다는 뜻이었는데 원래 아버지는 더 심한 말을 쓰기를 좋아했고 그 말을 하고는 턱을 치켜들고서 반응을 기다리곤 했다.

뉴캐슬에 도착한 날, 아버지는 나를 시내 박물관의 로마시대 전시실로 데려가거나 빅토리아 양식의 철교 아래 측은하게 남은 로마시대 성을 보여주지도 않았다. 그랬다면 궂은 날씨를 피할 수도 있었겠지만 대신 아버지는 나를 더는 아무도 쓰지 않아 쓰레기만 나뒹구는 부두로 데려갔다.

"아이고, 녀석아, 좀 걸어라. 이걸 똑바로 봐둬야 해. 그냥 물일 뿐인데 더 들어오길 하겠냐, 와서 묻길 하겠냐? 이거야말로 그때도 있었던 거고, 이거야말로 그때부터 남겨진 것이지."

시베리아 대초원으로부터 북해를 가로질러 불어오는 바람이 비바람이 되어 우리를 세차게 때렸다. 나는 할머니가 직접 짠 니트 모자를 쓰고 있었는데, 아는 사람이 한 사람이라도 있었다면 결코 쓰지 않았을 법한 모자였지만 그걸 쓰고도 아버지를 따라 콘크리트 폐기물을 지날 때 귀가 아프기 시작했다.

우리 위로 우뚝 솟아 있는 크레인은 마치 옛 문명의 녹슬고 기울어가는 기념비석 같았다. 영국의 버려진 건물과 도로와 철도를 이어주거나 혹은 멀리 떨어뜨려놓는 아네모네와 나팔꽃들은 날씨 탓에 납작해져 있었다. "이것 보렴." 아버지의 말이었다. "이것 봐. 옛날에는 여기에서 온 세계로 배들을 보내곤 했지. 지금은 어떤가 봐라."

　도시에는 야영장이 없어서 첫날은 민박집에서 밤을 보냈다. 커튼에 담배 자국이 나 있고, 나일론 침대 커버에는 얼룩이 남아 있으며, 아침 식사를 제공해주는 곳이었다. 작은 식료품점에서는 난생처음 보는 과일과 채소를 팔고 있었고, 재스민 냄새와 향신료 냄새가 났다. 하지만 아버지는 들어가지 않았다. 인도 음식 테이크아웃 전문점 창안으로 보이는 쟁반, 거기에 놓인 시럽이 뚝뚝 떨어지는 우유색, 분홍색, 초록색 사탕과 배배 꼬아 만든 오렌지 매듭 빵, 그리고 누가 봐도 먹으라고 만든 것이 분명해 보이는 은박을 맛보려는 나까지도 아버지는 제지했다.

　"파키스탄 사람들이 만든 쓰레기야." 아버지의 말이었다. "그 사람들이 여기에 뭘 넣어서 만든 건지 넌 알고 싶지도 않을 거다. 자, 오늘은 여행 첫날 저녁이니까 내가 큰맘 먹고 피시 앤드 칩스를 사줄게, 어떠냐. 너, 그 타르타르 소스 들어간 거 좋아하잖니. 그걸 먹으면 든든하니까 여행 준비가 될 거야."

　다음 날 아침, 아버지가 내 점심을 마련한답시고 내가 먹지도 못할 베이컨과 토스트를 집어 반짝이는 종이 냅킨에 숨기라고 했던 그 시각에도 비는 여전히 내리고 있었다. 우리는 어떤 면에서 무척이나 익숙한 길들을 따라 여정을 떠났다. 포장도로를 향해 나 있는 현관, 아주 좁은 골목에 면해 있는 뒷문, 그리고 삐걱대는 내리닫이창이 위층에 하나, 아래층에 하나 있는 집들. 빅토리아 시대의 빈곤의 건축물. 그러나 그곳의 목소리들은 달랐다. 단어들이 바다 너머로 이어지는 선율을 노래했다.

그날 도시의 끝자락에 닿아 들판을 걷기 시작하면서부터 아버지의 기분은 점점 좋아졌다. 비록 말뚝을 박아 만든 A도로가 들판을 가로지르는 바람에 보행자도, 보병도 횡단할 수 없게 되었지만 말이다. 그 첫날에 본 하드리아누스 방벽이 배수로뿐이었다 해도, 적어도 그것은 로마의 배수로였고, 고대 영국인들의 저항을 가시적으로 나타내며 여전히 땅 위에 남아 있었다. 그리고 아버지가 그것으로부터 힘을 얻고 있음을 알 수 있었다.

우리는 너른 하늘 아래 높은 땅이 일렁이는 황야 꼭대기에 다다랐다. 황야에 올라가고 있을 때는, 내가 마치 펼친 손바닥 위에 올려져 날씨에 바쳐지고 있는 기분이 든다. 정작 황야 위에서 내려다보면 늪 웅덩이에서 자라는 마시 그래스, 그리고 벌과 함께 요동하는 헤더 사이 산비탈 곳곳에 자그맣고 부드러운 은신처들이 꽤 있지만. 몰리는 자신의 양가죽 가방에서 과일 맛 사탕 꾸러미를 꺼내 하나씩 나눠줬다.

"마을로 이어지는 도로에 주유소가 있어." 몰리가 말했다. "우린 뭐든 더 구할 수 있는 거야. 철기시대에 음식을 구하러 다니던 사람들도 갈 수만 있었으면 스파(영국의 편의점 브랜드—옮긴이)에 갔을걸."

"거기 가면 아이스크림도 있을까?" 피터가 물었다.

"몰리, 그건 하나 마나 한 소리야." 댄의 말이었다. "할 수 있었으면 뜨거운 물로 샤워도 하고 등산화도 신고 전자레인지도 썼겠지, 안 그랬겠어? 내 말은 사람이 다 그렇다고. 할 수만 있으면."

"그건 또 모를 일이지." 사탕을 씹던 몰리가 대답했다. "어쨌든 등산화는 신지 않았을 거야. 끔찍한 기분이었을 테니까."

그건 몰리의 말이 맞았다. 모카신을 신으면 걸음걸이가 달라지고 발과 땅 사이의 관계가 다르게 느껴진다. 모카신을 신고 돌아다녀보라. 암반 위는 걷지 말고. 돌아다니며 당신의 근육과 피부로 질감과 온기를, 서로 다른 갈대와 잔디를 느껴보라. 나무 계단의 모서리가 당신의 뼈를 만지고, 미처 보지 못한 조약돌이 숨을 멈추게 한다. 그렇게 어떻게 발로 지형을 익히는지를 가늠할 수 있을 것이다. 하지만 그때까지 우린 아직 습지를 건너보지는 않았었고, 나는 겨울에는 느낌이 다를 거라는 것을 충분히 확신할 수 있었다. 철기시대 사람들은 보온을 위해 모카신에 건초를 가득 넣곤 했다.

"실비, 너도 이거." 빨간 사탕이 맨 위에 올라가 있는 꾸러미를 내밀며 몰리가 말했다. "너도 하나 먹을래?" 당연하지. 마다할 리가.

우리는 지도에 로마제국 군영이 있던 자리라고 표시된 둔덕 아래에 있는 냇가, 그 너머의 남향 비탈에 있는 헤더 사이사이에서 자라는 빌베리를 찾았다. 내가 말했다.

"거기, 빨갛게 색깔이 변해가고 있는 둥글고 반짝이는 잎. 베리는 그 아래에 있어. 봤을 때 바로 보이지는 않아."

잘난 척 좀 하지 마. 혼잣말이었다. 미스 리틀 '무엇이든 물어보세요' 진眞. 그러나 어느 누구도 신경 쓰는 것 같지 않았다.

보도를 벗어나자 가죽으로 된 모카신 밑창은 발 보호 역할을 제대로 하지 못했고, 헤더가 발목을 간질였다. 나는 신발 끈을 풀어서 목에 두르고 울퉁불퉁한 돌 위를 뒤뚱뒤뚱 걸었다. 그리고 잡초를 조심하면서 냇가 쪽을 향했다. "좋은 생각이네." 댄이었다. 얕은 수심에 햇살도 뜨거웠는데 물은 깜짝 놀랄 만큼 차가웠다. 나는 궁금했다. 옛 선인들, 고대 영국인들, 그들도 이렇게 했을까? 길이 없는 곳에서는 물에 발을 담그고 물속에 걸어 들어갔다가 나왔을까? 왜냐하면, 아버지가 자주 말했듯, 피부는 물이 통과하지 못하는 세포막이니까, 젖으라고 있는 게 바로 피부니까.

양 오줌에 대해 내가 말했던 것과는 별개로 나는 베리를 입에 넣었고, 그래서 모두 나를 따라 베리를 먹었다. 햇살을 머금은 베리는 따뜻했고 마치 피부처럼 봉오리가 벌어져 있었다. 멍든 피부. 나는 빌베리의 꽃받침이 내 혀에 닿는 그 까슬함이, 입안에서 톡 터지는 것이 좋았다. 그렇게 입안에서 터지기 전까지는 무른 것인지 탱탱한 것인지 알 수 없다는 것도.

"이거 술 만들면 딱이겠는데." 피터의 말이었다. "자두도 좀 넣고 말이야."

"옛날 사람들도 술을 빚었어?" 내가 물었다.

"모르겠어." 몰리가 답했다. "아마도, 빚었겠지. 그렇지 않을까? 술은 어쩌다 과일하고 채소를 저장해놓고 있다 보면 뜻하지 않게 만들어지기가 쉬우니까. 그때도 호밀은 있었다고 하고, 맥각균이 언제 독성을 내뿜기 시작하는지는 나도 잘 모르겠지만 확실히 그 사람들도 먹고 취할 만한 뭔가를 가지고 있긴 했을 거야."

"그렇구나." 내가 말했다. "실은 아버지가 그러는데 습지 미라 말이야, 희생제물로 바치기 전에 조용히 시키려고 주던 게 있었대. 어쩌면 고통을 줄여주려고 줬을 수도 있고."

피터는 빌베리를 들어 태양 빛에 비추더니 실눈을 뜨고 유심히 들여다봤다. "논문 주제를 이걸로 할까 봐. 재미있을 것 같아. 내가 직접 채집을 하는 거면 이것도 약물에 관한 실천 고고학으로 인정해주려나?"

"교수님한테 여쭤봐." 몰리의 말이었다. "되든 안 되든 교수님이 좋아할 만한 아이디어 같은데. 교수님도 집에서는 파티 끝나고 나서 친구들이랑 약 같은 거 하지 않을까? 자기가 엄청 멋지다고 생각하면서?"

"이거 진짜 괜찮은 것 같은데. 이게 이력서에 쓰여 있다고 생각해봐."

이력서. 나는 단어를 머릿속에 떠올렸고 두려움에 몸을 떨었다. 나도 그런 걸 갖고 싶다는, 유년기를 뒤로한 채 더 이상 의존하지 않고 세상으로 들어가고 싶다는 절실함의 역류.

"여기 백리향이 있네." 내가 말했다. "이것 봐, 팬케이크에 넣으면 좋겠다. 아님, 혹시 물고기가 정말 잡히면 거기에 넣어도 되고."

아버지와 슬레이드 교수는 과연 고기를 낚아왔다. 문명을 떠나 자연 속에서 살 때 가져야 하는 생존 기술을 그토록 설파하시는 두 분이니 실제로 그 기술을 가지고 있는 건 당연한 일이었다. 통상 점심시간이라고 여겨지는 시간을 훌쩍 지나 볕에 그을리고 손가락은 파랗게 된 우리가 아침에 들고 나갔던 모양과 크게 달라진 것 없이 축 처진 가방을 들고 돌아왔을 때, 그리 많지 않은 수의 은빛 생선 한 무리가 숨통이 끊어지고 내장이 다 도려내진 채, 책을 펼치듯 활짝 펼쳐져서는 나무 걸대에 매달려 햇빛에 말려지고 있었다. 냄새가 났다.

“이제야 왔구나.” 아버지의 말이었다. “그거 아니? 옛날 사람들은 이렇게 사라져서 게으르게 어슬렁대지 않았을 거다. 여름은 한창 바빴을 거야. 지금 부지런히 창고를 채우지 않으면 겨울에 무슨 일이 벌어질지 알고 있었을 테니까. 구한 건 그게 전부니? 고작 그걸 들고서 밥을 먹으러 돌아왔다고? 옛날 사람들은 늙은이 둘이서 온 동네를 먹여 살리게 만들지 않았을 거야. 젊은 사람들도 제 몫을 했을 거라고.”

해야 했겠지. 나는 생각했다. 누구도 늙은이가 될 때까지 살아있을 수 없었다는 걸 상상하면서. 감염으로 죽든, 맹장염으로 죽든, 기생충 때문에 죽든, 아니면 저번에 산에서 넘어지는 바람에 다친 당신의 그 다리 때문에 죽든. 당신과 슬레이드 교수가 이미 수년 전에 죽어 묻혔을 거라고 상상하면서.

“죄송해요.” 댄이 말했다. “찾아봤는데 먹을 게 많이 없었어요. 다음에는 다른 곳으로 가봐야겠어요. 어차피 초지라는 것도 양 방목 용도로 사람이 임의로 만든 것 아닌가요?” 슬레이드 교수는 좀 더 여유가 있었다. “마음 쓸 것 없어.” 교수가 말했다. “그냥 체험하는 거니까 얼마나 어려운 일인지 느껴보기만 하면 돼. 여기, 앨리슨 씨가 플랫브레드를 만들어주셨고 생선도 많아. 오늘 같은 날씨라면 너희가 따온 빌베리는 곧 말라버리겠는데.”

바구니 공예가가 왔다. "그게 무슨 직업이니?" 요즘 같은 시절에 바구니 짜는 일로 돈을 번다는 게 좋아 보였는지 엄마가 물어왔는데 당연한 말이지만 실제로는 엄마가 생각했던 것보다 좀 더 복잡한 일이었다.

그 바구니들은 판매를 목적으로 만드는 것이 아니었다. 루이스 씨는 슬레이드 교수의 친구로 섬유 예술 교수였다가 은퇴를 해서 이제는 안전한 식수와 현대 의학, 그리고 발에 땀 날 일 없는 무미건조한 일상에 따분해진 현대인들의 유희를 위해 좀 더 어려운 방식으로, 그러니까 손으로 직접 공예품을 만드는 일을 하는 분이었다. 섬유 예술 강사. 나는 자리를 뜨는 아버지와 눈이 마주쳤다.

루이스 씨는 우리가 입고 있던 튜닉과 크게 다르지 않은, 그렇다고 해도 좀 더 편하고 내가 보기에도 확실히 좀 더 비싸 보이는 카프탄 같은 것을 입고 있었고, 거기에 빨간 가죽을 오려 만든 꽃들과 초록 잎사귀들을 바느질로 장식해놓은 도톰한 플랫슈즈를 신고 있었다. 그녀는 숲으로 들어가는 길까지 지프차를 몰고 왔고 이후로는 슬레이드 교수가 그녀의 휠체어를 밀고 들판까지 왔다. 그런 두 사람의 모습이 불편해 보이고 또 루이스 씨에게는 위험해 보이기도 했지만 두 분은 무척이나 즐거운 것 같았다. 손을 보태러 댄과 피터가 갔지만 두 분은 손을 휘휘 저으며 돌려보냈다. 루이스 씨가 말했다.

"고맙지만 언젠가 짐이 저를 로먼드 호수에 밀어넣은 적이 있어서요. 이 사람이 이제는 믿을 만한 사람이 되었는지 보려는 참이에요.”

“25년 전 일이야.” 슬레이드 교수가 말했다.

“잊을 수 없는 일이죠. 그건 그렇고, 그럼 여러분은 짐의 학생들이겠군요?”

슬레이드 교수는 루이스 씨의 휠체어를 커다란 떡갈나무 그늘에 세워두고 워크숍 교구가 들어있는 상자를 가져오기 위해 피터와 함께 다시 차로 갔다. 엄마는 루이스 씨를 위해 자작나무 컵에 물을 내왔고, 적절한 다기를 갖추지 못한 채 차도 대접했다.

“염려 마세요.” 루이스 씨의 말이었다. “물이면 충분해요. 집에 수돗물도 나오고 좋은 주전자도 있으니 차는 나중에 마셔도 됩니다. 어머, 가시려고요? 괜찮으시다면 저희와 함께 바구니를 만들어요.” 엄마가 멈춰 섰다. “한번 해봐요. 재미없으면 그때 그만하면 되죠, 뭐.” 잘못된 단어 선택. 엄마는 재미라는 걸 믿는 사람이 아니었다.

“할 일이 많아서요.” 엄마의 대답. “그럼 전 이만. 고맙지만 하던 일을 마저 하러 가볼게요. 혹시 가기 전에 물 더 필요하신가요?”

떡갈나무는 바스락거렸고, 나무 그림자가 루이스 씨의 옷과 머리칼 위에서 보슬댔다. 나는 거기에 서 있었다. 아무 할 말이 없었다. 몰리는 햇살 사이로 걸어들어오더니 루이스 씨에게 자신을 소개하고는 옆자리에 무릎을 꿇고 앉았다. 구부린 발목 위에 내려앉는 우아한 일본식 자세. 나는 할 줄 몰랐던 것. 무릎까지 내려오는 튜닉을 입고 땅에 앉기란 쉽지 않은 일이다. 고대 영국 사람들은 속옷이 보이는 것에 대해 요즘 사람들만큼 크게 염려하지 않았거나, 아니면 수렵채집 생활이 무척 유연한 몸을 만들어줬는지도 모르겠다. 그들이 속옷을 입었을 것 같진 않지만.

"얘는 실비예요." 몰리의 말이었다. "빌 씨의 딸이라고 교수님이 말씀하셨나요? 설리비아를 줄여 부르는 이름이래요."

"안녕하세요." 나는 대답을 하고서 아무 이유 없이 내 얼굴이 붉어지는 게 느껴졌다. 몰리는 나를 향해 미소짓고는 땋은 머리를 어깨너머로 휙 넘기더니 질문을 하기 시작했다. 유물이 어떻게 만들어졌는지 알기 위해서는 그것을 해체하는 작업이 불가피하지 않나요? 모조품을 만들기 위해서 모조 도구를 사용하시나요? 만일 그렇다면 그 모조 도구를 만들기 위해서 또 다른 모조 도구를 사용하는 건가요? 그럼 원본에서 얼마만큼 멀어지는 건가요? 직물은 형태가 보존되는 것이 아닌데, 그렇다면 선사시대 사람들이 무엇을 입었는지에 대한 아이디어는 실제와 얼마만큼의 거리가 있는 건가요? 그저 짐작으로 얻어낸 결론 아닌가요? 예를 들면, 이 튜닉 같은 것도요.

나는 나무가 만들어준 은신처 끝자락에 서 있었다. 나뭇잎이 내 머리칼을 헤집었다. 나는 서서 몰리는 이런 질문들을 미리 준비해온 것일까 궁금했고, 그렇게 속사포처럼 쏟아놓는 말들이 무례한 것은 아닌지 걱정했다. 다른 사람한테 그런 식으로 말해선 안 돼. 나는 생각했다. 그저 와서 몇 가지 묻고 말아야지. 그러나 몰리는 이미 질문을 쏟아냈고 루이스 씨도 그것을 불편해하는 것 같지 않았다.

"흠." 루이스 씨가 답했다. "대체로 고고학이라는 것은 발굴한 물건이 어떻게 작동되는지 알아내기 위해 그것들을 해체하는 작업과 관련이 있지, 그렇지 않니? 그리고 작업을 끝내고도 유물들을 제자리에 되돌려놓지 않는 경우가 왕왕 있어. 하지만 모조품을 만드는 이유 중의 하나는 필요한 경우 망가뜨리는 테스트를 하기 위함이란다. 가끔은 나도 모조 도구를 사용해. 집에 뼈바늘을 모아놓은 것도 있고 말이야. 하지만 그거 아니? 가끔은 진짜를 사용할 수도 있어. 실을 넣고 직접 작동해볼 수 있는 중세시대 베틀과 가락이 주변에 꽤 많아."

"정말요?" 몰리의 말이었다. "남북전쟁도 일어나기 전에 살았던 사람들, 여자들이 직접 사용했던 그 베틀로 실잣기를 하신다고요?"

"기분이 좀 이상하지 않아요?" 나도 모르게 물었다. "수백 년 전에 죽은 여자가 했던 방식 그대로 손을 올려놓고 있으면?" 내가 대화에 참여해도 괜찮다는 듯 루이스 씨가 미소를 지었다.

"난 괜찮단다." 그녀가 말했다. "이제는 기분이 안 그래.

어쨌든 나는 늘 죽은 사람들이 내게 말하는 것을 실행하려고 노력하는 사람이니까. 특히나 며칠을 내리 선사시대 물건들을 보고, 느끼고, 귀 기울이면서 모조품을 만들고 있을 때는 그들의 생각까지도 읽어내보려고 노력해. 말이 안 되는 일도 아니야, 그렇지 않니? 내가 장식용 점과 점 사이의 공간에 집중하거나 실을 정확히 얼마나 팽팽하게 꼬았는지에 집중할 때, 내 손이 그들의 손이 하던 일을 하는 동안에는 내 생각도 그들이 하던 생각과 같을 거라는 거지. 나는 가끔 한 유물 발굴현장에서 출토된 선사시대 유물 중에서 동일 인물이 만든 건 구별할 수 있다는 생각이 들어. 왜냐하면, 내 손이 움직이는 방식이 같으니까."

몸이 떨려왔다. 그렇고말고. 그것이 바로 우리가 하는 이 모든 재연의 이유다. 우리 자신이 유령이 되어 이천 년 전에 그들이 걸었을 이 땅을 걷는 법을 배우고, 그들이 그들의 불을 지폈듯 우리도 불을 지피며, 그들의 생각이, 세상을 이해하는 그들의 방식이 부디 이 근육과 뼈가 추는 춤을 따라와주기를 바라는 것.

그러니까 이걸 제대로 하려면 우리는 우리 자신을 거의 지워버리다시피 해야 해. 나는 생각했다. 우리의 행동과 우리의 재연을 더이상 이곳에 존재하지 않는 그들에게 맡겨야 해. 그렇다면 누가 유령인 거지? 우리인가, 아니면 죽은 그들인가. 어쩌면 그들이 우리를 먼저 상상했는지도 몰라. 어쩌면 우린 다른 영혼들이 깊은 과거에 불러낸 존재인지도 모르지.

"베틀을 가져올 수 있었으면 좋았을 텐데 아쉽구나." 루이스 씨가 말했다. "너희들이 봤으면 무척 흥미로워했을 텐데. 짐에게 다음 학기에는 내 스튜디오에서 만날 수 있는 시간을 마련해달라고 청해봐야겠어."

알고 보니 나는 바구니 짜기에 천부적인 재능이 있었다. "실비, 솜씨가 아주 훌륭하구나." 루이스 씨의 말이었다. "이것 좀 보렴. 전에 어디서 해본 적이 있니? 평소에도 뭘 자주 만들어?" 내가 뭘 만들지? 속으로 떠올려봤지만 루이스 씨가 무엇을 생각했든 나의 대답은 '아니오'였다.

"좋았어." 나는 몰리에게 말했다. "내 미래는 정해졌어. 나는 바구니를 짤 거야."

"아르바이트 정도는 되겠네." 몰리가 말했다. "분명히 네가 하고 싶은 게 있을 거야. 분명 네가 좋아하는 게 있을 거라고. 그게 출발점이지."

"나는 책 보는 걸 좋아해." 내가 말했다. "학교에서 문학 시간에 읽는 그런 건 말고. 음, 산책하는 거? 산책한다고 돈을 주진 않겠지." 몰리는 꼬아놓은 갈대를 버드나무 틀 위에 두고 꾹꾹 눌렀다.

"산악 안내원." 몰리의 말이었다. "유스호스텔에서 일할 수도 있고. 산림관리 및 보호. 야외활동은 어때? 수렵채집 같은 거. 너는 우리보다 훨씬 더 많은 걸 알고 있잖아."

"빌베리 정도나 아는 거지 뭐." 내가 대답했다. "그리고 그건 아버지 때문이야. 물론 아버지가 아니었더라도 알게 됐겠지만. 여하튼 그게 직업인 것 같지도 않고."

"첫째는 조종, 둘째는 항로 찾기, 셋째가 교신."(파일럿들의 위기상황 격언—옮긴이) 아버지는 늘 말했다. "그리고 몽땅 다 잘못되더라도 누가 와서 널 구해줄 거란 기대는 하지 마." 나는 확신하건대 아버지는 비행을 해본 적도 없었을 뿐더러 경비행기조차 타본 일이 없었을 것이다. 비행은 은유였고, 아버지가 '교신'이라고 했을 때 그것은 '도움을 요청하지 말라'는 뜻이었다. 나는 밖으로 빠져나온 살들을 바구니 직물 안쪽으로 밀어넣기 시작했다. 균일하고 안정적인 것이, 누가 봐도 꽤 괜찮은 바구니였다.

"너는?" 내가 물었다. "너는 고고학자가 될 거야?" 몰리의 땋은 머리가 다시 어깨 앞으로 돌아와 있었다. 그 땋은 머리에 연둣빛 사과가 매달려 있었다.

"그럴 수도 있고." 몰리가 말했다. "평생 땅 파면서 사는 건 별로인 것 같지만. 나는 벽, 지붕, 그리고 욕실을 좋아해. 박물관이나 미술관에 취직하지 않을까 싶어. 거기에서 먼저 교육자 연수를 받고, 그렇게 아이들이나 함께 온 가족을 상대로 일할 수 있을 거야. 나는 늘 박물관이 좋아."

박물관. 아버지에게 박물관은 우리 옛 조상의 뼈를 모신 집, 신전이었다. 우리가 살던 동네에는 박물관이 많지 않았다. 별 볼일 없는 부싯돌과 누군가의 할머니 집 다락방에서 찾았다던, 면이 여기저기 덧대어진 후프 스커트 같은 것들. 그런 하잘것없는 작은 동네 수집품 정도가 있었는데, 그것들을 구경하기 좋아하는 몇 안 되는 사람 중의 하나가 우리 아버지였고, 그리하여 나 또한 데리고 가셨다.

몇 년 전에 한 번은 아버지가 나를 맨체스터 박물관에 데리고 갔는데, 그날은 학교에 갈 필요가 없다고 하면서 아빠와 나, 둘이서 해야 할 더 중요한 일이 있다고 했다. 엄마에게는 샌드위치 도시락을 싸달라고 했고, 내게는 교복 말고 '품위 있는' 옷으로 갈아입으라며 위층 내 방으로 돌려보냈다. 하지만 아버지가 입고 있던 단벌 양복, 바지통이 넓었던 그 양복에 맞춰 내가 파티에 갈 때 입는 옷을 입고 내려갔더니 다른 옷으로 갈아입으라고 나를 다시 올려보냈다. "서둘러라. 기차 놓칠라."

나는 그날 태어나서 처음으로 기차를 탔다. 아버지와 나는 손을 잡고 걸었고, 나는 늘 그렇듯 아버지의 걸음걸이에 맞추느라 종종걸음을 쳤다. 그렇게 창문 너머로 돼지와 양과 소가 학교에 있는 장난감 농장의 플라스틱 잔디 위 동물들처럼 구분되어 있는 정육점을 지나고, 매주 목요일 학교 수업이 끝나면 곧장 엄마와 육아 수당을 받기 위해 갔던 우체국을 지났다. 목요일은 연금을 받는 날이기도 해서 우린 우체국 철제 난간 근처, 먼지 낀 리놀륨 바닥에 줄을 섰다. 그런 날이면 할머니들이 가방에 사탕을 담아 와서 재롱을 부릴 줄 아는 꼬마 소녀들에게 나눠주곤 했고, 나는 그런 것은 잘 모르는 아이였다. 아버지는 자갈길을 휘적휘적 걸어 역에 도착하자 기차표를 사고는 내게 바보 같은 짓일랑 하지 말고 플랫폼 노란 선 뒤에 가만히 서 있으라고 했다.

기차에 오르자 아버지는 때가 낀 기차 창문에 코를 짓눌러보고, 영국 국영철도의 바다색 타탄체크 무늬를 살폈다. 그러고선 내게 비로소 우리가 어디에 가는 것인지 설명해주기 시작했다. 그때 나는, 알고 보니 좌석 팔걸이마다 설치된 재떨이였던 구멍에 손가락을 집어넣어보고 있었다.

"그만해라." 아버지였다. "이제 잘 들어."

나는 황야에 있는 토탄 늪에 대해서 알고 있었다. 알고 말고. 황새풀이 자라던 곳, 진창에 빠지지 않기 위해 우리가 덥수룩한 이쪽 잔디에서 저쪽 잔디로 폴짝폴짝 뛰어야 했던 그곳? 심지어 그 시절에는 느린 내 걸음걸이에 아버지 발걸음까지 짜증스러울 만큼 느려져야 했었는데도, 아버지는 날씨가 어떻든 일요일마다 나를 데리고 그 습지를 올랐었다. 그럼 알지, 알고말고.

그렇다. 고대에 이 주변에 살았던 사람들에게 습지는 늘 특별한 장소였다. 사람들은 도깨비불을 보았고, 아마도, 그것을 영혼이나 그에 버금가는 것으로 생각했겠지. 그리고 아마도 그들은 우리처럼 습지에 빠지는 것을 두려워했을 거야. 왜냐하면, 내가 잘 알아. 왜 모르겠어. 습지는 날 끌어당겨 집어삼켜 버릴 수도 있으니까. 아버지가 말했었지, 말했고말고. 거기에서 빠져나오는 게 얼마나 어려운 것인지.

"네." 내가 말했다. "알아요."

그때 우리가 탄 기차가 황야를 지나가고 있었다. 기찻길을 따라 빠르게 오르내리는 전깃줄. 그날은 하늘은 흐려도 시야는 맑은 날이었는데 늪지는 전혀 보이지 않고, 그저 헤더와 양, 그리고 비탈진 언덕에 낮게 들어선 우리 집 같은 테라스하우스들만이 저 아래에 보일 뿐이었다.

아버지가 말했다. "고대 사람들은 종종 늪지에 자신들이 소중하게 여기는 것을 바치기도 했어. 너라면 네 부엉이를 바쳤겠구나." 나는 마음속으로 부엉이를 손에 꼭 쥐고, 내 침대에 무방비 상태로 남겨진 부엉이에게 텔레파시를 보냈다. 가라앉을수록 어두워지는 부엉이의 털을 상상하지 않으려고 애쓰면서. 부엉이의 누런빛 발을 삼키는 습지.

"아버지였다면 아버지가 맨날 읽는 그 책들을 바쳤겠네요." 내가 말했다. 거실 가스난로 옆에는 아버지가 늘 파묻혀 읽는 책들을 보관하는 책장이 있었다. 어머니는 아버지가 야간 교대 근무를 하는 날이 아니고서야 텔레비전을 볼 수 없었는데 그건 아버지가 그곳에서 저녁마다 조용히 책 읽는 것을 좋아했기 때문이다. 아버지는 내가 책에 손대는 걸 허락하지 않으셨지만 자기 전에 인사하러 아래층으로 내려가면 가끔은 책에 있는 그림들을 보여주곤 했다.

"이건 청동기시대 목걸이야, 실비. 이걸 목에 걸다니 얼마나 무거웠을지 짐작이 가니? 그건 검이란다. 새겨진 무

늬를 보렴. 이 무늬를 새기기 위해 어떤 노력을 기울였을
지 상상해봐. 그리고 이 암석. 봐라, 누군가 주술이 담긴
패턴을 새겼어. 삼천 년 전에 누군가 손으로 새긴 거야. 너
는 이들의 후손이다. 이들이 과거에 이렇게 살았던 거야."

나는 고개를 돌려 자신의 커다랗고 찬란한 책을 습지에
집어던지는 생각에 몸이 굳어버린 아버지를 보았다. 물에
내던져지는 한 장 한 장 찢겨나간 종이들.

"뭐, 그럴 테지." 아버지의 말이었다. "그래도 그렇게 마
음 쓸 것 없단다. 어떤 식으로든 늪지에 빠진 것들은 모두
찾아지기 마련이거든. 다른 데 같았으면 벌써 썩어 없어졌
을 것들을 토탄과 물이 보존해주는 거야. 물론 토탄을 파
내는 일도 부지기수로 있으니 물건들을 찾게 되는 거지.
그래서 실비, 체셔 근방에서 사람이 발견됐단다. 남자야.
철기시대. 정말 오랜 옛날 사람이지."

"남자." 내가 말했다. "뭐야, 죽었어요?"

"당연히 죽었지, 이 둔한 녀석아. 방금 내가 철기시대라
고 하지 않든. 철기시대가 언제냐?"

나는 답을 알고 있었다. "이천 년 전이요. 로마가 침입하
기 이전."

"그래, 잘 아네. 그런데도 그 사람이 살아있을 성싶니?"

우리가 탄 기차가 다음 역에 막 다다랐다. 내리고 싶은
사람들은 창문을 완전히 다 내리고 몸을 바깥쪽으로 기울
여 문밖에 달린 손잡이를 잡아 문을 열어야 했다.

“그럼 그 사람도 습지에 빠진 거군요?” 내가 물었다. “빠져서 빨려 들어갔어요?”

“밀어넣어진 것에 더 가깝겠지. 그리고 목과 몸에는 밧줄이 감겨 있었고. 실비, 오늘 너도 그 사람을 보게 될 거다. 보관함에 잘 넣어서 박물관에 전시를 해두었다지. 철기시대에서 온 진짜 사람.”

“하지만 죽었잖아요.” 내가 다시 말했다. 상상할 수가 없었다.

“아버지도 박물관을 좋아하셔서.” 몰리에게 내가 말했다. “아버지는 죽은 것들을 좋아해.” 몰리는 바구니에서 살 한 가닥을 뽑아내더니 다시 바큇살을 에둘러 감기 시작했다.

“나는 무언가를 다시 살려내는 일이 좋아.” 몰리의 말이었다. “루이스 씨가 이렇게 하듯 박물관 관람객들이 옛 사람들의 도구와 보석을 볼 수 있게 하고 싶어. 그때 그 사람들은 이제 여기 없지만 그들의 생활상은 여전히 이곳에 있는 거야. 그리고 바구니는 이것보단 좀 잘 짰으면 좋겠다. 나는 옛날 사람들의 방식으로 물건을 만든다는 발상이 좋아.”

“연습하면 되지.” 내가 말했다. “박물관에 있는 그 바구니들도 누군가의 첫 시도로 이루어진 결과물은 아니었을걸.”

습지에서 발견된 미라들은 분명 누군가의 첫 시도였겠지만. 다른 평범한 것들이 그러하듯 누군가를 삶과 죽음

사이 깜빡거리는 순간으로 집어넣는 기술, 이것도 배우고 익히는 기술이었겠지. 죽었으나 여전히 말하는, 움직이지 않은 채 움직이는 그곳에 누군가를 자신이 원하는 만큼 오래도록 붙잡아두는 기술.

식사로 식은 배넉 빵이 준비되어 있었다. 우리는 그것을 간식이라 부르고 슬레이드 교수는 저녁 정찬이라 불렀다. 거기에 채소와 생선이 보태졌다. 채소는 우리가 바구니를 짜는 동안 아버지가 찾아온 것이었고, 생선은 크기가 너무 작고 뼈가 많아서 아버지를 제외하고는 그 누구도 하나 이상 먹을 인내심을 발휘할 수 없어서 오랫동안 남아 있을 수 있던 것이었다.
내 접시엔 배넉이 반쯤 남겨져 볼품없이 놓여 있었다. 나는 아버지가 손가락으로 생선 껍질과 뼈를 발라내서 하얀 속살 부스러기를 먹고는 생선 머리를, 아버지의 벌린 입속 혀와 치아를 바라보는 쪼그라든 두 눈을 빨아 먹는 모습을 보았다.
"뭐." 손톱으로 이 사이를 후비며 아버지가 말했다. "뭐가 마음에 안 들어? 수준이 안 맞는다 이거야?"
"아뇨. 아무것도 아니에요."
"그럼 됐고. 옛날 사람들은 음식을 버리지 않았을 거다. 먹을 만한 음식을 그런 식으로 남기지 않았을 거야. 고로 너도 그러지 않을 테지. 네 어머니가 만든 배넉, 지금 다 먹어."

몰리의 접시를 쳐다보는 아버지가 눈에 들어왔다. 몰리는 생선은 거절했고 채소도 맛만 볼 정도로 먹었다. "다른 사람이 수고해서 만든 걸 버리면 못 쓴다." 나와 몰리 사이 허공 어딘가에 대고 아버지가 말했다. "네, 아빠." 내가 답했다.

식사를 마친 후 다른 사람들은 해가 지는 것을 보러 언덕에 올라갔고, 아버지는 나더러 남아서 어머니를 도우라고 했다. 괴상하게 생긴 대접과 거친 나무 숟가락을 아버지가 일찍이 엄마에게 모아놓으라고 시킨 갈대 다발로 닦고 냇가에 가져가 헹구라는 것이었다. 갈대 사이에 생선 조각들이 끼었다.

아버지는 집에 식기세척기를 두지 않을 사람이었다. 식기세척기는 물을 낭비한다면서 자신이 먹은 것은 자기 손으로 직접 치우는 게 좋다고 말했다. 한편, 내 설거지 실력을 신뢰하게 되기까지 아버지가 감독하는 설거지 의례는 몇 달 동안 계속되었다.

"음식물 찌꺼기는 퇴비 모으는 통에 넣고, 뜨거운 물로 헹군 다음 비누칠을 하고, 한 번 더 헹구고, 깨끗한 행주로 닦은 후에 잘 정리해서 넣어. 그릇들이 한데 쌓여 있는 꼴이라니 못 봐주겠구나. 그걸 그렇게 해놓으면 싱크대는 어떻게 닦을래?"

우린 심지어 캠핑을 갔을 때마저 금속 재질의 그릇에 밥을 먹었고 내가 그릇들을 냇가에 가서 헹궈오면, 유목을 태워 덥힌 물에 정석대로 설거지를 했다.

"배가 아프지 않을까?" 엄마에게 물었다. "나뭇잎에 올려서 먹고, 먹은 다음에 한꺼번에 다 가져다 버리는 게 낫지 않아?"

"그 사람들은 아프지 않았을 거야. 그 누구냐. 고대 영국인들. 그리고 그렇게 한다 한들, 일단 나뭇잎부터 씻었어야 했을 거야. 그 정도로 큰 나뭇잎 중에 독성이 없는 게 있을까 싶기도 하고."

"그들이라면 감염된 음식을 먹었을 가능성이 커." 내가 말했다. "뭔가가 계속 그들의 수명을 단축했으니까. 슬레이드 교수님이 그러는데 대부분 일찍 죽어버려서 암에 걸릴 수조차 없었대."

"어머, 그랬구나." 엄마의 대답. 엄마의 팔뚝에 못 보던 멍이 들어 있었다.

"여기. 이것들 좀 움막에 도로 가져다 놓으렴. 그리고 나면 자기 전까지 잠깐 앉아 있을 수 있을지도 모르겠다."

엄마는 가끔 앉는 것이 목표인 것처럼, 열심히 일하면 받을 수 있는 상인 것처럼 말하곤 했다. 그런데 그 목표와 성취를 이루는 법이 좀체 없어서 내게는 앉겠다는 엄마의 마음이 진심인지 아닌지 불투명하게 느껴졌었다. 엄마는 동네 마트에서 계산원으로 일했다. 계산원의 일이라는 것이 대부분 앉아서 하면 되는 일이었지만 보아하니 '앉아 있다'

라는 단어가 갖는 의미를 무색하게 하는 노동이었다.

"엄마는 이제 들어가." 내가 말했다. "가서 좀 앉아. 나머지는 내가 알아서 할게."

나는 그릇과 숟가락을 냇가로 가지고 가서 물이 부드럽고 깊게 소용돌이치는 웅덩이에 퐁당퐁당 떨어뜨리고는 헹굴 겸 잠시 그대로 놔두었다. 헤더와 발아래 돌을 느끼며, 나뭇잎들과 이슬의 냄새를 들이마시며, 저녁놀에 몸을 내맡겼다. 각다귀를 손바닥으로 찰싹 쳐서 잡고, 클로버 잎을 몇 장 떼어내고는 그 잎들이 냇물에 몸을 맡기고 짙어지는 저녁 속으로 살랑살랑 떠내려가는 것을 지켜보았고, 물속에 손가락을 담그고서 물이 손가락의 모양을 바꾸는 방식을 경이롭게 바라보았다. 웅덩이에서는 어두운 빛의 물고기들이 소리 없이 유영하고 있었다. 냇물이 흐르는 방향을 따라 허리를 구부리고 있는 습지 머틀 덤불이, 그 은회색의 잎들이 보였고, 나는 가까이 다가가 손가락 사이에 잎을 끼우고 문지른 후 유칼립투스와 샌들우드 향을 들이마셨다.

나는 냇가 둔덕에 잠시 쪼그려 앉아 밤의 소리에 귀를 기울였다. 이제 들리지 않는 새소리, 그를 대신해 동글동글하게 마모된 돌들 위로 바삐 흐르는 냇물, 가까운 곳 어딘가에서 사각대는 작은 생명체들, 멀리서 우는 부엉이와 좀 더 가까운 데서 들려오는 그에 화답하는 소리. 그러다 문득 이렇게 어두운데 모든 것을 들고 돌아가야 한다니 큰일

났다는 생각이 들어서 자리에서 일어났고, 걱정과는 달리 캠프의 모닥불이 시야에 들어올 때까지 큰 어려움 없이 앞을 잘 보며 돌아올 수 있었다. 빛은 눈을 멀게 한다. 불 가에 모여 앉아 있다가는 많은 것들을 놓치게 된다.

어느 곳을 보아도 해가 졌는데 학생들은 아직 돌아오지 않고 있었다. 아버지와 슬레이드 교수는 전쟁에 관해서 이야기를 나누고 있었고, 남자들이 으레 그러하듯 싸움에 관한 이야기가 곧 싸움이 되어버렸다.

"이 지역에서 벌어진 싸움은 그저 부족 사이에 오갈 수 있는 옥신각신 다툼 정도였을 겁니다." 슬레이드 교수의 말이 이어지고 있었다. "로마군이 들어오기 전까지는 말이에요. 그들은 제국의 군대를 상대할 만한 훈련은 받아본 적도 없었고, 그런 군대는 태어나서 처음 봤을 겁니다. 다른 건 차치하고라도, 그들의 방어 작전 일부가 주술이었요. 알고 계셨습니까? 전쟁 트럼펫, 습지 너머로 무시무시하게 달려드는 시끄러운 소리."

"네." 아버지가 답했다. "어쩌면 그랬을 수도 있지요. 교수님은 지금 카르닉스(고대 관악기—옮긴이)를 생각하시나 본데, 하지만 그들은 말과 창도 가지고 있었습니다. 아닌가요? 상당한 전투를 치러냈고 결국 로마 군대가 짐을 싸서 돌아가게 만들었지요. 그 이후로 거의 이천 년이 지난 지금에 이르도록 그 점에 관해서는 의심스러운 부분이 없습니다. 그렇지 않습니까?"

"카르닉시스." 슬레이드 교수가 복수형을 말했다. "그 부분은 좀 더 생각해봐야…."

"어쨌든." 내가 말했다. "요즘 미국 사람들도 주술과 무서운 소음을 이용해서 싸우지 않나요? 포탄에 그림을 그리고 적군의 요새를 향해 헤비메탈을 틀어놓잖아요." 아버지는 마치 내가 아버지의 부사령관인 양, 마치 내가 정해진 계획에 따라 아버지를 거든 것인 양 슬레이드 교수를 쳐다보았다.

"그렇지." 슬레이드 교수가 말했다. "그런단다. 그리고 네 말이 맞아. 아마도 그 두 가지는 굉장히 유사한 것이라 볼 수 있겠구나. 내가 하는 이 일련의 연구에서 네가 배울 수 있는 것 중 하나가 바로 오랜 세기가 지나는 동안에 합리적인 사고도 늘 일정하게 발전한 것은 아니라는 점이지. 옛사람들은 원시적인 사고를 했고, 우리는 그렇지 않다고 생각한다면 오산이란다."

"영국인들이 충분한 훈련을 했기 때문에 로마 군사가 하드리아누스 방벽을 쌓아야 했던 겁니다." 아버지가 말했다. "영국인들이 그들에게 위협적이지 않았더라면 무엇 하러 방벽을 쌓는 괜한 수고를 했겠어요, 그렇지 않습니까?"

"글쎄요." 슬레이드 교수가 답했다. "그들은 정확히 영국인이라고 지칭할 수 있는 사람들이 아니었습니다. 제가 전에 말씀드린 적이 있지요. 그들이 부족을 중심으로 형성된 정체성을 가지고 있었다는 걸 우리가 안다는 것을 전제

로 하는 말입니다만, 그들은 스스로 자신을 영국인이라고
인식하지 않았을 거예요. 켈트족. 요즘 학계에서는 그들을
그렇게 부르는 추세지요. 물론 그들은 자신이 켈트족이라
고도 생각하지 않았을 거예요. 그들은 브르타뉴와 아일랜
드, 서쪽으로부터 온 것으로 보입니다.”

아버지는 이 말을 싫어했다. 켈트족이라고 하면, 내 생
각에는, 아일랜드 말처럼 들리니까. 그리고 당시 예수는,
그리 멀지 않은 시기, 언제 그렇게 됐는지도 모르게 사라
져버린 후였는데도 아버지는 아일랜드 사람들을 좋아하지
않았다. 가톨릭을 로마 제국주의의 초기 형태와 비슷하게
취급하는 것 같았다. 남의 땅에 와서 우리가 무슨 생각을
하고 살아야 하는지를 말하는 이방인들. 아버지는 아버지
만의 조상, 아버지만의 혈통, 내 것이라 주장할 수 있는 무
언가를 원했다. 아일랜드에서 온 사람, 로마에서 온 사람,
게르마니아에서 온 사람, 혹은 시리아에서 온 사람 말고
마치 밤사이 솟아나는 버섯처럼 이 영국 토양에서 불쑥 솟
아오른 부족.

“보아디케아는 어떻습니까.” 아버지가 응수했다. “보아
디케아가 아주 싹 쫓아내버렸잖아요. 그렇죠?”

“부디카.” 슬레이드 교수가 말했다. “요즘은 부디카라고
부릅니다. 부디카가 더 정확한 발음인 것 같군요. 한동안
은 그랬죠. 하지만 부디카가 남쪽 지역에서 이케니족을 이
끌었는데, 이 이케니족 사람들을 로마군사가 특별히 위협

적으로 느꼈다는 증거가 별로 없습니다. 하드리아누스 방벽은 군사적인 필요 때문에 지은 것이라기보다는 상징적인 것에 훨씬 가까워요.”

아버지 뒤의 큰 돌 위에 나지막이 앉아 있던 엄마는 자신의 두 손을 뚫어지게 쳐다보고 있었다. 지금 앉아 있는 건, 엄마가 원하는 앉음으로 칠 수 없는 것이리라. 엄마가 원하는 건 나무가 타면서 내는 연기와 철기시대에 관한 대화가 아니라 엄마의 갈색 벨벳 안락의자와 텔레비전이었으니까.

“하지만.”

“자자, 보세요. 윈 실Whin Sill의 쭉 뻗은 지형을 한 번 생각해봅시다. 이미 그렇게나 거대한 절벽이 수십 마일이니 그 낭떠러지 꼭대기에 굳이 방벽을 쌓을 실질적인 필요가 없어요. 방벽을 쌓는다고 넘어오기가 더 어려워집니까, 정찰하기가 더 쉬워집니까? 이건 그저 ‘로마제국이 이곳에 있었다’를 말해주는 아주 기가 막히게 멋진 방법일 뿐이에요.”

“그렇군요.” 아버지가 말했다. “좋습니다. 하지만 이건 어떻습니까?”

엄마는 긴장했다. 엄마의 눈길이 아버지를 향해 반짝였다가 사라졌다.

“제국의 끝이라는 표시입니다.” 슬레이드 교수가 말했다. “야만인들의 접근을 막는 것이 아니라 자신들이 어디에 있는지 보여주는 거예요. 빌, 하드리아누스 방벽은 베를린 장벽과 완전히 다릅니다. 땅을 높게 돋우지도 않았고, 감시탑도 없어요."

아버지는 아무 말도 하지 않았다. 턱을 높이 들고 불에서 눈을 떼지 않았다. 엄마는 돌 위에 구부정하게 앉아서 팔에 손을 가져다 댔다. 내가 이전에 보았던 멍이 든 자리였다.

다음 날 아침, 내가 일어났을 때 아버지는 이미 일어나 어디론가 가고 없었다. 엄마는 이번에도 밖에서 귀리죽을 젓고 있었다. 댄과 피터가 삼발이 역할을 할 수 있을 만한 것을 돌로 세워줘서 엄마는 불가에 서 있을 수 있었고, 솥에서는 수증기가 올라오고 있었다. 엄마의 뺨이 붉게 달아올라 있었다.

"이거 한쪽만 뜨거워지면 돌이 갑자기 확 깨질 거야. 아무래도 그럴 것 같은데. 딱 봐도 한쪽이 다른 쪽보다 뜨거워지고 있잖아." 내가 말했다.

"그러라지." 엄마의 말이었다.

"아니 그래도 엄마. 그렇게 되면 엄마가 다쳐." 엄마가 어깨를 으쓱해 보였다.

"응, 그렇지."

"엄마." 내가 말했다. "이거 위험해." 엄마는 죽을 저었다.

"실비, 사람들이 돌을 쌓고 거기에 불을 피우고 산 지가 얼마나 오래됐는데, 모르긴 몰라도 다들 방법을 알고 했을 거야.”

“응, 하지만 그 사람들은 그랬다고 쳐도 저 얼뜨기 녀석들도 제대로 알고 했으리라는 보장이 어디에 있어요?”

“그만 좀 해.” 엄마의 말이었다.

“알겠어. 그럼 요리는 다른 사람한테 맡기는 게 어때? 좀 쉬어. 내가 할게요, 아님 몰리가 하거나.”

“아이고, 난 괜찮아. 학생들이 뭘 만들겠니. 내가 해서 먹는 게 낫지. 그리고 너도 알잖아. 나는 한가롭게 노는 사람이 아니야. 그래 본 적도 없고.” 나는 또다시 궁금해졌다. 내 부모는 과연 서로 공통점이랄 게 있을까.

“알겠어.” 내가 말했다. “엄마가 그렇게 하는 편이 좋다면. 그냥 너무 불공평해 보이잖아. 그게 다야.”

“인생이 다 그렇지.” 엄마의 말. 엄마는 이 말을 늘 달고 살았다. 절대 불평하지 말고, 도움받을 생각하지 마. 불퉁거려서 얻어지는 거 하나 없어. 문제 만들어서 좋을 게 뭐 있니, 안 그래?

아버지와 슬레이드 교수는 남학생들이 아침을 먹고 있을 때, 그리고 엄마와 몰리와 내가 먹는 둥 마는 둥 하고 있을 때 돌아왔다. 귀리죽은 약간 베샤멜소스나 어쩌면 회반죽 같기도 한 것이 정말이지 너무 배가 고파서 아무 생각 없이 입에 넣을 수 있을 때나 먹는 음식이다. 남학생들이 그렇게 게걸스럽게 먹는 것을 나는 그때 처음 보았고 좀 놀랐다.

“내 것도 먹어.” 내가 말했다. “진짜야. 나는 별로 배가 안 고파. 엄마, 배넉 남은 거 있어요?”

“아니.” 엄마가 답했다. “점심에도 배넉을 먹을 거라면 누가 곡물을 좀 갈아놔야 해.”

“아니면 그냥 스파 편의점에 가서 샌드위치를 사 먹어도 되고요.” 몰리는 그렇게 말하고는 남학생들이 그녀에게 왜 그렇게 할 수 없는지 설명하기 시작하자 나를 보고 빙긋 웃었다. 남학생들 목소리가 하도 커서 우리는 덤불이 바스락대는 소리를 듣지 못했고, 그곳에서 나온 아버지가 말했다.

“뭐야. 스파가 다 웬 말이냐.”

“그냥 농담한 거예요.” 엄마가 답했다. “몰리가 장난으로 한 소리예요. 두 분 재미있게 다녀오셨어요?”

“우리가 재미 찾으러 간 줄 알아?” 아버지의 말. “애들한테나 할 법한 말을 어디서 나한테 해.”

“토끼 덫을 놓고 왔습니다.” 슬레이드 교수가 말했다. “토끼는 해롭다고 여겨지는 야생 동물이어서 덫을 놓는 것이 합법이에요. 물론 역사와 딱 맞지는 않습니다. 덫은 로마 사람들이 가지고 들어온 거니까. 하지만 그런대로 의미가 있죠.”

“안 돼요.” 몰리였다. “쥐덫은 안 돼요. 그건 너무 잔인해요.” 인생이 원래 잔인한 거야. 받아들이도록 해. 넌 스튜를 먹을 만큼은 행복할 게 아니냐. 나는 아버지가 그렇게 말하기를 기다렸다.

"쥐덫은 아니란다." 슬레이드 교수가 말했다. "당시에 쥐덫은 있지도 않았을 거고 말이야. 걱정하지 않아도 돼, 몰리. 굳이 알 필요 없어. 네가 원하지 않는다면 우리도 너한테 토끼를 처리하는 일은 맡기지 않을 거야. 하지만 너도 알고 있겠지. 그 사람들은 동물들을 죽였을 거다. 우리가 물건을 사러 상점에 가는 것만큼 일상적인 일이었을 거야. 우리가 상상할 수 없는 방식으로 죽음은 그들의 평범한 일상의 일부였을 게다. 죽인 동물을 집에 가지고 왔겠지. 그리고 그건 마트에서 장을 봐오는 일과 비슷한 일이었을 거야. 가지고 온 동물을 잘 꺼내놓고, 가죽은 벗겨낸 후에 더러운 것들을 긁어냈을 테고, 뼈는 발라내서 도구를 만들고, 힘줄은 가죽을 꿰맬 때 쓰고, 방광은 불어서 아이들이 차고 놀 공을 만들었을 거야."

"교수님이 다니는 마트는 그렇게 피바다인 모양이지." 댄이 중얼거렸다. "자기 집 주방에서 그렇게 하라면 퍽이나 좋아하겠어."

몰리는 죽 그릇을 내려놓았다. "그랬겠죠." 그녀가 말했다. "뭐, 어찌 됐든 전 상상하는 정도로만 내버려뒀으면 좋겠어요. 불쌍한 옛날 옛적 토끼들 같으니."

엄마는 아빠에게 밥 먹기 전에 손을 씻지 않겠느냐 묻고 싶어하는 기색이었지만, 묻지 않았다. 아빠는 자신의 발언저리 어딘가에 시선을 고정하고는 마파람에 게 눈 감추

듯 음식을 먹어치웠다. 엄마는 그런 아빠를 보고 있었다.
슬레이드 교수는 연신 숟가락을 허공에서 흔들며 이야기
를 계속했다. 철기시대 사냥 기술, 돌을 갈아 도구를 만드
는 방법, 그렇게 도구를 만들다가 시력을 잃을 뻔한 지인
의 이야기와 그것이 바로 자신이 무슨 일이 있어도 고글을
꼭 쓰고 작업하는 이유라는 것. 철기시대 사람들이 돌을
갈아 도구를 만들 때 눈을 보호하기 위해 썼을 방법에 대
한 본인의 추론. 그리고 그들이 극히 기초적인 형태의 수
술과 봉합을 했다는 증거.

그림자는 이미 내가 아침에 일어났을 때보다 더 짧아지
고 더 선명해져 있었다. 또 다른 무더운 날의 시작. 우리는
움막과 모닥불, 그리고 텐트 사이로 난 길을 걷고 있었고,
길에 있는 모든 토끼 똥들은 하나같이 색이 바래고 딱딱해
지고 있었다. 토끼를 다 내쫓았어야 했다. 그리 떠들고, 오
고 가고, 불까지 켜두었으니 어떤 새가 있는지 어떤 들쥐
가 있는지 누가 알았을까.

"좋아." 슬레이드 교수가 말했다. "그래서 실비, 너도 몰
리랑 저 녀석들이랑 함께 갈 거니?" '녀석들'이라는 단어를
말할 때 슬레이드 교수의 억양은 어딘가 어색했다.

"아, 네." 내가 말했다. "그런데 어딜 가는데요?"

"맙소사, 실비." 아버지였다. "너 내내 한마디도 안 듣고
있었구나?"

우리는 해변에 갔다. 슬레이드 교수는 해변에 가는 우리

가 채집 안내서를 가지고 가는지, 식용이 가능한 해초와 홍합을 채취할 곳을 잘 알고 있는지 확인했다.

"늦은 아침에는 파도가 낮아." 교수가 말했다. "그리고 오기 전에 내가 해변이 깨끗한지도 확인했단다. 오늘 저녁에는 진짜 만찬을 즐길 수 있겠어."

"숲 끝자락에 가면 야생 마늘이 있어요." 내가 덧붙였다. 우리 가족은 캠핑할 때 종종 홍합을 먹었는데, 그때마다 아버지는 마늘을 넣지 못하게 했다. "배고픈 사람은 아무것도 넣지 않은 음식을 원하는 법이야. 고로 네가 지금 음식에 뭘 넣어서 먹고 싶다면, 그건 네가 배고프지 않다는 뜻이고, 따라서 굳이 지금 밥을 먹을 필요가 없다는 거지."

"그거 좋은 생각이구나." 슬레이드 교수가 말했다. "아무렴, 채소도 먹어야지. 자, 좋은 시간 보내고 이따가 보자." 우리가 합리적으로 추정할 수 있는 철기시대 공동체 사람들의 즐거움보다 학생들이 즐기고 있는 즐거움이 더 크다는 것을 슬레이드 교수는 결코 나쁘게 생각하지 않았던 것 같다. 그가 과일 사탕에 대해서 알았다 한들, 그다지 크게 신경 쓰지도 않았겠지.

나를 제외한 다른 학생들은 지난 학기 현장 학습 때 해변에 가본 적이 있었고, 그래서 초반에는 걸음걸이가 힘찼다. 따로 닦여 있는 길은 없었다. 눈에 닿는 햇빛이 너무나 밝았고, 그때서부터도 이미 팔뚝이 볕에 익기 시작했다는 걸 느낄 수 있었다.

“여기서 얼마나 더 가야 해?” 내가 물었다.

“30분 정도. 왜, 힘들어?” 피터가 답했다. “움막에서 자는 건 어때?”

“어두워.” 내가 말했다. “진짜 어두워, 심지어 아침에도. 그리고 밤새 내내 서로 숨 쉬는 소리가 다 들려. 사생활도 없고.”

“침상은 어때.” 댄이 물었다. “정말로 울퉁불퉁해?”

“그런 것 같지는 않아.” 내가 대답했다. “지금까지는 그렇다고 느껴본 적 없어. 엄마가 등이 아프다고 하긴 해.” 예전에 아버지가 등 때문에 엄마를 꾸짖은 적이 있었다.

“운동을 좀 해. 인간은 결코 등을 기대고 앉아서 생활하게끔 만들어지지 않았어. 그렇게 긴 시간을 소파에 앉아서 생활하니 문제가 생기는 게 당연하지.”

우리 집에는 소파가 없었다. 엄마가 가지고 있는 안락의자는 할머니의 친구인 아일린 할머니가 하도 낡아서 내다 버린 것을 가져다 놓은 것이었다.

“텐트 생활은 어떤데?” 텐트 생활의 일거수일투족을 훤히 알고 있었으면서 내가 물었다.

“좁고 갑갑해.” 몰리가 답했다. “그리고 자꾸 빛이 들어와. 평소 주말이면 잠들었을 만한 시간에도 계속 깨어 있어. 옛날 사람들이 왜 움막을 지었는지 알 것 같아.”

“나랑 바꾸자.” 내가 말했다. “네가 밤새도록 우리 아빠 코 고는 소리를 들어. 내가 일찍 일어날게.”

“음, 그래. 고맙지만, 사양할게.”

다음에 나타난 들판에는 소들이 있었다.

“절대 안 돼.” 몰리였다. “지난번에는 여기 소 없었잖아. 나는 여기 못 지나가.”

“소가 사람을 죽일 때는 그 사람이 데려온 개가 귀찮게 구니까 그러는 거지, 그냥 지나가는 사람을 공격하지는 않아. 너도 알잖아. 소는 초식동물이야.” 내가 말했다.

“그딴 거 몰라. 나는 여기 안 들어갈 거야.”

“그럼 네가 가운데로 걸어.” 댄이었다. “우리가 지켜줄게. 소들이 너한테 덤비려면 일단 우리부터 저 진흙탕에 깔아뭉개야 할 거야.”

“싫어. 안 가.”

그래서 우리는 꼭대기에 가시철사가 휘감긴 담장이 있는 쪽으로 가기로 의견을 모았다. 그곳은 청바지를 입었을 때보다 리넨 튜닉을 입었을 때 훨씬 더 걷기 힘든 곳이었다. 그러고는 만난 강.

강이 나왔다는 건 모래 언덕을 무질러 우회해야 한다는 뜻이었다. 모래 언덕은 해가 남동쪽에 있고 우리가 동쪽 해안가에 있다는 사실을 잘 알고 있다 하더라도 길을 잃기가 놀랍도록 쉬운 곳이다. 그리고 그건 다시 말해서 태양이 양쪽 눈에 들어오되 오른쪽 눈으로 보는 것이 조금 더 어려운 상태로 걷다 보면 머지않아 곧 바닷가에 닿게 될 것이라는 뜻이기도 했다.

“실비, 너는 이런 걸 정말 잘해.” 몰리의 말이었다. “아버지가 여러 가지를 가르쳐 주셨나 봐.”

아니야. 나는 생각했다. 나는 그저 이 섬의 대략적인 모양을 알고 있고, 해가 동쪽에서 뜬다는 것을 알고 있을 뿐이야. 그리고 둘 중에 그 어느 것도 내가 꼭 가르침을 받아야 알 수 있는 건 없어. 그러나 나는 이렇게 말했다. “음, 아버지가 이런 걸 잘 아시지.”

“맙소사, 너무 더워.” 댄이 말했다. “물 가지고 온 사람 없어? 그늘에서 잠깐 쉴까?” 역시 몰리는 콜라 한 병을 가져왔다. 뜨뜻미지근하고 기분 나쁘게 끈적거리는 콜라. 게다가 그 시각에는 모래 언덕의 서편조차도 그늘 있는 곳이 없었다.

“사실상 이제 우리는 바다를 잃어버리는 데에 제대로 성공한 거야.” 피터가 말했다. “바다를 못 찾아서 홍합을 못 가지고 왔다고 우리가 말하면 실비네 아빠가 뭐라고 말씀하실지 상상이 가?” 몰리가 킥킥대며 웃었다. 나는 일어서서 모래 위를 미끄러지듯 걸어가 해안가에 자라는 날카로운 잡풀 사이를 지나 언덕 꼭대기에 다다랐다.

“보인다.” 내가 말했다. “재미있는 게, 우리 그냥 계속 동쪽으로 가면 돼. 달라지지 않았어.”

“난 너무 더워.” 댄의 말이었다. “바닷가에 도착하면 난 맨 먼저 수영부터 할 거야.”

“지금 썰물이야.” 내가 말했다. “네가 가장 먼저 해야 할 일은 반 마일을 더 걸어서 일단 물에 도착하는 일이지.”그러고는 댄이 내 말에 대답하기도 전에 이미 난 내가 한 말을 후회하고 있었다.

“모르는 게 없지. 그래.” 댄의 말이었다. “그렇게 창피를 줘야지, 왜 아니겠어.”

해변에 다다랐을 때, 그곳은 사막에 더 가까웠고, 바다는 수평선에 펼쳐진 허구 같았다. 우리는 날카로운 풀을 다 지나자마자 전부 모카신을 벗었다. 내 모카신은 구멍이 날 정도로 닳아 있었다. 몰리의 발톱에는 반짝이는 파란색이 칠해져 있었다. 나는 호기심에 댄의 발이 무척이나 보고 싶었는데, 그의 다리에 난 털보다 발에 난 털이 더 많은지 확인하고 싶었기 때문이다. 내가 아는 남자 발은 아버지의 발뿐이었고, 아버지의 두 발은 내 발만큼이나 매끈했다.

우리는 누가 먼저랄 것도 없이 곧장 바다를 향해, 뜨거운 모래가 차가워지고 발아래에서 잔물결이 일기 시작하는 곳을 향해 나아갔다. 땅의 끝자락에서 홍합이 있을 만한 암석들이 눈에 들어왔다. 나중에 하자. 나는 생각했다. 홍합과 해초. 이런 해변에 샘파이어(영국 해안 바위에서 나는 허브—옮긴이)가 있을 것 같지는 않아. 지금 말고, 나중에.

모래 위 우리의 그림자는 철기시대의 그림자였고, 나는 ‘도거랜드’라는 이름을 기억해냈다. 이제는 북해 밑에 가라앉은 인간의 정착지에 고고학자들이 붙인 이름. 한때 사람들은 사슴을 쫓아 이 땅을 가로질렀고, 이곳에서 야영하고, 뼈와 나무에 작은 조각을 새겼으며, 브로치와 단추가 떨어져나간 옷을 벗어뒀는데 해수면이 높아졌을 때, 높아진 조수가 다시 낮아지지 않았을 때, 그것들은 그 자리에 움직이지 않고 그대로 있었다. 우리는 한때 덴마크의 저지대 습지에서부터 노섬브리아 숲까지 걸어서 오갈 수 있었다. 우리의 발아래가 한때는 돌과 풀로 뒤덮여 있었다.

우리가 섰던 그곳 근방에서 땅은 가라앉았고, 여전히 우리는 같은 자리에 서 있었지만, 땅의 식물들이 뒷걸음질 쳐 영국의 희미한 경계선 안쪽으로 물러났다. 사람들은 해안선이 국경선보다 더 뚜렷하리라 생각하겠지만, 그렇지 않다. 조류가 바뀌는 시간, 아직 물기가 다 마르지 않은 땅의 끝자락을 걸을 때, 그리고 당신이 발붙인 곳이 물기가 다 마른 건조한 땅인지 아닌지 정확히 이야기할 수 없을 때, 해안선은 국경선보다 뚜렷하지 않다.

"그거 알아?" 댄이 말했다. "영국 해안은 측정하면 측정할수록 점점 더 길어져. 1학년 때 해본 적이 있어. 우리를 해변으로 데리고 오더니 풀어야 할 문제하고 과제들을 줬는데 그중 하나가 해안가를 측량하라는 거였어. 당연한 말이지만 열심히 하면 할수록 측량해야 할 것들이 많아져. 바위 웅덩이를 돌면서 재고, 비탈들을 하나하나 다 오르내리면서 재고. 그렇게 한참을 재다가 깨달은 거야. 끝이 없다. 섬의 끝은 무한하다. 그게 핵심이었던 것 같아."

"아니, 그건 핵심이 아니었지." 몰리의 말이었다. "내 기억에 그날은 징그럽게 추웠고, 여학생들이 오줌 눌 곳이 단 한 군데도 없었어."

"시적인 데라고는 전혀 없구나." 댄이 말했다. "여자애들은 그게 문제야. 맨날 오줌 눌 장소를 왜 그렇게 따져?" 몰리는 바위 웅덩이에 있는 물을 댄에게 걷어차 올렸고, 나는 나 자신도 깜짝 놀랄 만큼 상기된 목소리로 말했다.

"네가 매번 볼일을 볼 때마다 바지를 발목 언저리까지 내려야 한다고 생각해봐. 그럼 어디에서 볼일을 볼지 생각을 안 하겠어?" 아버지의 십팔번 중 하나였다. 열등한 배수 처리 능력을 가진 여성들이 위대한 대자연과 관계를 형성하는 방법.

"사실 남자애들보다 여자애들이 소변 보기가 더 어려울 건 없어." 몰리가 말했다. "문제는 생물학이 아니야. 여성의 몸에 대한 남성들의 두려움이 문제지. 만일 너희들이 고추를 내놓고 벽에다가 오줌을 휘갈기는 것처럼 우리 여자들도 팬티를 내리고 벽 옆에 쪼그려 앉을 수 있다면 문제가 없을 거야. 문제는 질에 재갈이라도 물리지 않으면 이게 밖으로 나와서 너희들을 잡아먹기라도 할 것처럼 행동하는 너희 모두한테 있다고."

"야, 장난이잖아." 댄이 말했다. "나는 농담한 거야. 화내지 마."

"남자애들은 그게 문제라는 거야." 몰리가 말했다. "쟤네는 맨날 사람들한테 화내지 말래."

질. 나는 생각했다. 몰리는 방금 그 단어를 우렁찬 소리로 말했다. 남자애들 앞에서.

"애들아, 애들아." 피터가 말했다. "너희 진짜 저기 어딘가 바다가 있다고 생각해서 걷고 있는 거야? 아니면 우리 그냥 이대로 노르웨이까지 가는 거야?"

"정확히 말하자면 덴마크지." 내가 말했다. "그리고 너무 더워. 이건 해변이 아니야. 사막이지. 홍합은 우리가 찾기도 전에 다 익겠다."

마침내 우리는 물이 있는 곳에, 종이처럼 평평한 모래 위에 파도가 부드럽게 스미는 곳에 다다랐다. 더 먼 곳, 저기 저 먼 곳에는 마치 숨을 쉬는 듯 상승과 하강의 움직임이 있었고, 백색 태양광이 깨지지도, 부서지지도 않은 채 명멸하고 있었다. "수영을 하려면 몇 마일은 더 가야겠는데." 댄이 말했다.

나는 계속 물속으로 걸어 들어갔다. 처음에는 바닷물이 내 피만큼 따뜻했다. 발, 발목, 종아리. 나는 튜닉을 걷어 올렸다.

"그냥 벗어." 몰리가 말했다. "봐, 나는 벗을래."

튜닉을 벗어서 놓을 자리가, 긴 시간 두고 말릴 만한 곳이 없었다.

"젖으면 어떻게 하려고 그래?"

내가 말했지만 몰리는 이미 피터에게 자신의 가방을 맡기고는 튜닉을 머리 위로 걸어 올려 벗어버렸다. 몰리의 브래지어, 그리고 그 브래지어와 짝이 맞는 팬티는 초콜릿 포장지에서 봤던 보라색이었고, 다 감춰질 수 없었던 옅은 색의 음모가 속옷에 달린 레이스 사이사이로 삐져나와 있었다. 몰리의 배는 내 배보다 조금 더 풍만했고 배꼽은 곡선을 그리며 조심스레 들어가 있었다. 별안간 만지고 싶어졌다. 나는 고개를 돌렸다. 몰리는 나를 향해 물을 끼얹었다. 댄과 피터는 마치 자신들은 늘 공공장소에서 반나체의 여성을 본다는 듯 거리낌 없이 굴었다. 하지만 나는 봤다. 피터가 몰리를 흘끗 보더니 시선을 돌렸다가 다시 몰리를 흘끗 보는 것을.

허리춤까지 물에 잠긴 몰리는 브래지어를 벗으려고 팔을 등 뒤로 돌렸는데 그건 내가 여자 탈의실에서가 아니라 TV에서나 봤던 방법이었다. 몰리는 브래지어를 댄에게 던졌고, 엉겁결에 끈을 걸쳐 받아든 댄이 손가락에 브래지어를 대롱대롱 매달고 서 있었다. 조심히 들고 있어야 할 텐데. 나는 생각했다. 아래위가 세트인 것도 그렇고, 어디를 봐도 싸구려가 아닐 것 같은데.

몰리는 어깨를 뒤로 밀어젖히고 눈을 감고 하늘을 향해 고개를 들었다. 마치 태양에 자신의 가슴을 바치는 듯. 내 가슴보다 풍만하고, 더 작은 젖꼭지. 이미 햇볕에 그을린 색. 그러니까 몰리는 전에도 이렇게 해본 적이 있었다는 것. 몰리는 눈을 뜨고 그녀를 보고 있는 우리를 돌아봤다.

"왜들 이래." 몰리의 말이었다. "다들 덥다고 성화였잖

아. 들어와. 들어오니까 너무 좋다."

"그래, 몰리, 네 뜻은 잘 알아들었어." 댄의 말이었다. "넌 너무 아름답고 가슴도 훌륭하네." 우리 앞에서 옷을 벗은 몰리가 살짝 성가시다는 듯이, 그런 그녀를 보는 것이 무료하다는 듯이. 댄은 하품을 했다. "그래, 좋아, 까짓것."

남자의 몸. 짙은 색 털이 수북한 댄의 몸. 배꼽부터 뻗어 내려오는 두꺼운 털, 아기 돼지처럼 매끈한 피터의 몸. 사각팬티. 피터의 허벅지에서 흘끗대는 분홍빛 버섯. 학교에서 여자애들이 나누던 귓속말이 기억났다. 그게 이만큼 컸다니까? 나보다 한 살 많은 사이먼과 공원에서 어리숙한 짓을 벌이기도 했었지만, 허리 아래로는 손도 못 대게 했었고 그건 정말이지 단순한 호기심, 그 이상이 아니었는데도 숨은 무척 들떴었다.

내가 바라본 건 몰리였다. 파도를 따라 뜀박질을 할 때 위아래로 출렁이는 가슴, 어깨의 곡선을 따라 방울진 바닷물, 양 갈래로 땋은 머리 사이에 있는 그녀의 척추, 북해만큼 어두운 그 좁은 골을 따라 가늘게 흐르는 바닷물. 댄과 피터는 몰리에게 물을 뿌리고, 달아나고, 더 깊은 물속으로 서로를 밀어넣었다.

나는 그 자리에, 바다가 허벅지까지 올라오는 곳에서 내 무릎을 밀어내는 파도의 약한 물살을 느끼며, 그리고 내 등과 머리를 망치질하는 태양의 열기를 느끼며 서 있었다. 나보다 나이가 많고 더 용감한 세 명이 거리낄 것 없이 내

달리며 즐거워하는 동안, 거친 촉감의 밤색 옷이 내 가슴을 한움큼 움켜쥐었다.

날씨는 점점 더 뜨거워졌다. 분명히 조류가 바뀌었을 텐데 아무것도 움직이지 않는 것 같았고, 육지 쪽으로 아무리 되돌아가도 계속 제자리인 것만 같았다. 발가락 사이사이 모래 둔덕이 다리를 붙잡아 당겼다. 손톱 밑에서, 겨드랑이 축축한 곳에서도 모래가 느껴졌다. 윗입술에 내려앉은 땀을 혀로 핥자 혀에, 그리고 이 사이에 모래가 달라붙었다. 해변 바닥은 능선에 이르자 마치 뼈를 밟으며 걷는 듯, 더 딱딱해져 있었다. 두통이 시작됐다. 댄, 뒤에 피터, 그 뒤에 몰리, 그리고 나. 우리는 그렇게 한 줄로 서서 걸었다. 한 걸음 한 걸음, 한 걸음 또 한 걸음, 뒤따라 걷는 발들. 물. 나는 계속 생각했다. 물. 그러나 우리에게 물이 없다는 건 나도 알고 있었다. 침이라도 만들어볼까 싶어 혀를 깨물었지만 소용없는 일이었다. 심장이 머릿속에서 뛰었다. 눈 뒤쪽 어딘가 내 두개골을 쿵쿵 내리치는 끈적한 피. 모래 언덕 끝에 시내가 흐르고 있었다. 믿을 수 없는 해피엔딩. 우리는 계속 걸었다.

한낮이 다 되어서야 우리는 캠프에 도착했고, 홍합을 담은 두 가방은 이미 심한 비린내를 풍기고 있었다. "냄새가 가방에 배겠어." 가방을 담장 높이까지 들어올린 몰리가 말했다. "이거 먹으면 다들 배탈 나겠는데? 그래도 그렇게

배가 아프게 되면, 실내에서 볼일 보고 아이스크림 먹는
세상으로 되돌아갈 수 있을 거야." 그때 눈에 댄이 들어왔
다. "여자애들과 화장실이란." 댄이 중얼거렸다. "거봐, 내
말이 맞잖아."

우리가 도착하자 엄마가 움막에서 나왔다. 나는 엄마가
자다가 나온 것이라고 생각했지만, 어쩌면 울었는지도. 좀
처럼 다른 사람에게 보여주지 않을 법한 얼굴로 나온 엄마
는 햇빛에 눈도 제대로 뜨지 못했다. "왔구나." 의미 없는
말을 했다.

"나 잠깐 냇가에 갔다 올게." 내가 말했다. "너무 더워.
온 몸이 모래 천지야. 물을 좀 마셔야겠어." 몰리는 커다란
떡갈나무 그늘에 자리를 잡고, 등을 대고는 눈을 감았다.
"냇가 물 마시면 안 돼." 엄마가 말했다. "여기, 물통에 깨
끗한 물 있어."

물에 젖고 모래가 잔뜩 묻은 모카신을 다시 신기가 끔찍
이 싫었던 나는 맨발로 천천히 길을 살피며 냇가까지 걸어
갔다. 어쩌면 물속에 들어가 목욕을 할 수 있을지도 모른
다고 상상했었는데, 오필리아처럼 물속에 몸을 누인 나를,
물결에 흘러가는 나의 머리칼을 봤던 것도 같은데, 당연한
일이었지만 그러기엔 냇물이 너무 얕았다.

주변을 흘끗 살피고, 땀에 절고 모래 때문에 까끌거리는
튜닉을 벗어 잔디밭 살짝 둔덕진 곳에 내려놓았다. 나는
몰리가 입고 있던 보라색 레이스를 떠올렸고, 너무 많이

빨아서 다 닳아버린, 한때는 하얀색 면 팬티와 브래지어였겠지만 이제는 누런빛이 도는 것이 어떤 성질 고약한 할머니가 입어야 제 주인을 만난 듯 어울릴 것 같은 내 속옷을 내려다보았다. "교복 셔츠 입으면 하나도 안 보여." 엄마가 말했었다.

나는 생각했다. 어른이 되면, 집을 떠나는 날이 오면, 나는 에메랄드빛과 터키석빛, 그리고 주홍색을 띤 팬티를 살 거야. 그리고 거기에 오렌지색, 라임색, 엄마가 야한 핑크라고 부르는 색의 브래지어를 입을 거야. 립스틱을 바르고, 얇은 스타킹을 신고, 하이힐을 신어야지. 또 클레어의 고모 수처럼 카우보이 부츠를 신겠어.

나는 미끄러지지 않도록 균형을 잡으며 돌을 하나하나 밟아 냇물 속으로 걸어 들어갔다. 습지에 흐르는 냇물은 바닷물보다 더 차가웠고, 물살이 더 빨랐다. 나는 마가목을 지나 더 거슬러 올라가면 토탄이 있는 호박빛 물웅덩이가 있다는 것이 기억나서 발길을 돌려 상류 쪽으로 향했다.

황야로부터 산들바람이 불어와 내 배와 가슴에 숨을 내쉬었다. 돌이 미끄러워서 나는 계속 휘청거렸고, 넘어져도 물이 쿠션 역할을 해줄 수 있을 만큼 깊지 않다는 것을 알고 있었다. 머리를 찧게 되면 나는 여기 누워 물에 잠겨 죽겠지. 젖은 속옷을 입고, 피가 잡초처럼 굽이치는 나를 사람들이 발견할 테지. 그래도 나는 계속 걸었다. 내 머릿속은 이제 나에 대한 이미지들로 가득 찼다. 나뭇잎 그림자로 얼룩진 둥글고 깊은 웅덩이 안에 앉아 있는 나. 구릿빛 물에 다른 색이 된 팔을 들어올려 수면에 띄워보는 나.

목적지에 다다라서야 그곳은 물의 깊이가 무릎에도 채 닿지 않으며 근처에 나무라고 할 만한 것도 없는 곳이라는 게 기억났고, 물속은 너무나 어두워서 허리를 굽히고 들여다보아도 내가 무엇 위에 앉아 있는 것인지 분간할 수 없었지만, 나는 어쨌든 그 끈적한 진흙 위, 오래전에 죽은 나무의 뿌리가 내 엉덩이를 찌르고, 무릎이 배꼽 아래 수면 위로 불쑥 솟아오르는 곳에 앉았다. 웅덩이는 몸을 기댈 수 있을 만큼 넓은 것도 아니었던 터라 편치 않은 모양새로 뒤로 기대어 앉았는데, 그래도 물은 햇볕에 그을린 부분을 쓰다듬어주고, 가려운 모래들을 씻어내주었다.

나는 양반다리를 하고 앉아 발을 내 허벅지 아래, 진흙이 매끈하고 시원한 곳으로 밀어넣었고, 차가운 물이 속옷을 통과해 안으로 들어와 나와 맞닿는 것을 느꼈다. 나는 다시 한 번 주위를 둘러보고는 몰리가 했던 방법대로 브래지어를 벗어보려고 안간힘을 썼다. 두 손을 어깨 뒤로 보내 견갑골을 조이는 브래지어를 들어올리고, 그러느라 몸을 앞으로 기울였더니 가슴이 차가운 습지 물속에 잠겼고, 내 젖꼭지가 몰리의 것처럼 딱딱해지는 게 느껴졌다. 나는 그것들을 만져보고, 내 가슴의 모양이 바뀌는 것을 지켜보았다. 얼굴에 물을 흠뻑 뿌렸고, 두 눈을 감자 햇살 속에서 장밋빛으로 붉은 내 피가 보였다. 그러고는 생각했다. 내

주변에는 무엇이 있을까. 토탄 속에 웅크리고 있는 것들, 어떤 나뭇가지들이 나와 함께 이 컴컴한 물속에 잠겨 있을까. 또 어떤 눈들이 감겨 있을까. 딱 거기까지 생각했을 때였다. 아버지와 슬레이드 교수가 헤더 너머로 성큼성큼 다가왔다.

두 사람은 죽은 토끼를 들고 오고 있었고, 토끼는 뒷다리에 줄이 묶여 대롱대롱 매달린 채 입에서 흘러나온 피를 토탄 위에 뚝뚝 떨어뜨리고 있었다. 토끼 주변에는 파리 떼가 윙윙 날아다녔다. 숨자니 웅덩이는 그다지 풍만하다고 볼 수 없는 내 가슴조차 숨길 수 없을 정도로 너무 얕았고, 뒤늦게 브래지어 후크를 채워보려 했지만, 너무 늦었다. 할 수 없었다.

아버지가 슬레이드 교수에게 사과했다. 아마도 내가 태어나서 두 번째로 본, 아버지가 다른 사람에게 사과하는 모습. 그러고는 그를 먼저 보냈다. 슬레이드 교수가 가자 아버지는 들고 있던 토끼를 내려놓았다. 나는 봤다. 토끼들의 두 눈이 아직 빛나고 있었다. 죽음에 이르게 한 충격적인 부상은 눈에 띄지 않았다. 아버지는 나를 물 밖으로 잡아 끌어냈는데, 그럴 필요까지는 없었다. 나오라고 말하면 내가 걸어 나왔을 것이다.

"옷 입어." 아버지는 역겹다는 듯 눈을 돌리며 말했다. "옷 어디에 뒀어?" 아버지는 햇살 아래 튜닉이 놓여 있는 곳까지 헤더와 갈대밭을 가로지르며, 내 머리칼을 꼬아 틀

어쥔 손으로 휘청거리는 나를 질질 끌고 갔다. "입어. 창피한 줄 알아라. 나는 내 딸이 창녀가 되는 걸 두고 보지 않을 거야."

내가 옷을 입고 아버지를 마주 보기 위해 돌아서자 아버지는 차고 있던 철기시대 가죽 벨트를 풀었다. "저기 가서 나무 마주 보고 서."

나랑 별반 키 차이가 크지 않은 마가목. 내가 이마를 기댄 마가목의 몸통. 내 얼굴 너비보다도 넓지 않았던 그것. 아버지의 팔이 높이 들렸다가 허공을 가르고, 또 높이 들리고. 가죽 벨트가 햇살 가득한 공기를 가르며 노래할 때, 나는 두 손으로 쥐고 있는 나무에 대해 열심히 생각했다. 오후의 햇살을 받아 광합성을 하는 잎들의 세포에 대해서, 매시간 익어가는 베리들에 대해서, 손바닥 아래 나무 진액에서 느껴지는 미세한 박동, 그리고 발아래에서부터 땅속 깊은 곳까지 뻗어 있을 뿌리에 대해서. 마치 바깥 공기가 아버지에게 활력을 더해준 듯, 마치 이 배경이 무척이나 아버지 마음에 든 듯, 그날은 평소보다 매질이 길었다.

나는 아버지 혁대의 가죽에 대해서 생각했다. 자신의 가죽이 벨트가 된 이 동물에 대해서, 공포와 고통의 끝이 오기 전까지 이 가죽이 겪었을 감각에 대해서. 간지러움, 긁는 느낌, 바람과 비와 햇살. 가죽을 벗기고, 무두질하는 것에 대하여.

"가서 토끼 들어." 매질을 마친 아버지가 말했다. "그리고 그렇게 옷 벗고 있는 꼴이 내 눈앞에 한 번만 더 띄기만 해봐. 또 그렇게 벌거벗고 누워서 사내놈들 중에 누구 하나 안 지나가나 기다리고 있단 봐. 네가 얼마나 자주 이런 꼴로 나타나든 나는 반드시 오늘과 똑같이 해줄 테니까. 다른 건 꿈도 꾸지 마. 네가 내 집 지붕 아래 사는 이상, 똑바로 행동해. 안 그랬다간 두고 봐, 알아들었어?" 아버지 손이 혁대를 후려갈겼다. "뭐하고 서 있어? 내가 방금 토끼 들고 가라고 했어, 안 했어? 더 맞고 싶어? 더 맞고 싶으면 말만 해. 더 패줄 수 있으니까."

나는 움막까지 가는 동안 아버지보다 앞서 걸었다. 팔을 뻗어 토끼를 매단 끈을 멀찌감치 들고 걸었다. 토끼의 고개는 축 늘어졌는데, 귀는 여전히 뒤로 젖혀져 있었다. 희미하나마 냄새가 난다면, 피 냄새보다는 털과 소화된 풀 냄새가 더 많이 났다. "생선 옆에 걸어놔라." 아버지가 말했다. "이따가 네가 내장 빼도록 해. 너하고 네 친구들하고. 지금은 가서 엄마 밥 짓는 거 도와야 할 거야. 다들 배고플 텐데 네 엄마는 뒤처졌을 게 뻔해."

엄마는 '뒤에 처져' 있었고, 다른 사람들은 모두 물컵을 하나씩 들고 그늘에 앉아 있었다. "에이, 뭘." 엄마의 말이었다. "누구라도 일사병에 걸리면 안 되잖니. 그나저나 홍합 양이 꽤 되더라. 몰리한테 냇가에 담가두라고 했으니까 이따가 저녁에 먹으면 될 거야. 문제는 이 플랫브레드하고 배넉, 이런 것들이란다. 이걸 한 번에 하나씩만 해야 하거든. 이거 봐. 이걸 오븐에 한꺼번에 다 집어넣을 수가 없어. 준비가 다 되려면 사람들이 좀 더 기다려야 하는데 너희 아버지가 언짢아하실 거야. 반죽은 저기에 있어. 이거 보이지? 네가 이 모양대로 몇 개만 더 만들어주면, 프라이팬에 굽는 건 내가 할게. 아니, ‘그리들’이라고 했던가? 여하튼 아버지가 뭐라고 부르는 그거. 거기에 내가 구울게.”

“응.” 내가 말했다. “이거, 이렇게 하면 돼?”

“실비, 너. 너 또 아버지한테 혼났구나.”

“뭐가? 뭐라는 거야. 엄마가 어떻게 알아?”

“딱 보면 알지. 엄마잖아. 이번엔 또 뭐 때문에 혼났어?”

“아무것도 아니야.” 내가 말했다. “상관없어. 이제 끝났으니까. 아빠 성격 알잖아. 며칠 지나면 다 괜찮아질 거야.”

“제발 아버지 심기 좀 건드리지 말아라.” 엄마의 말이었다. “네가 노상 아버지를 그렇게 긁어대니까 아버지도 그러는 거 아니니.”

“안다고요. 그러려고 그런 것도 아니고.” 가끔은 일부러 그럴 때도 있지만 오늘은 그런 것도 아니었다.

“그래.” 엄마의 답이었다. “여하튼 무슨 일인지는 모르겠지만, 그냥 다신 하지 마. 네가 그렇게 하지 않아도 아버지 신경 거슬리는 일들, 여기 쌔고 쌨어.”

점심 식사를 마친 후에, 아무래도 점심이라고 부르기에

는 너무 늦은 시간이었을 테지만, 어쨌든 밥을 먹은 후에 아버지는 우리에게 토끼 손질을 시켰다. "흥미롭겠는걸." 슬레이드 교수가 말했다. "돌칼의 쓰임새도 보고 말이다. 날은 확실히 뾰족하게 잘 갈려 있어. 몰리, 저 바구니 좀 가져다주겠니?" 몰리가 일어섰다. 몰리의 코와 뺨에서 볕에 그을린 자국이 슬슬 빨갛게 올라오고 있었다.

"네, 가지고 올게요." 몰리가 답했다. "가지고 오고 말고요. 하지만 전 토끼한테 칼 대는 일은 못 해요. 보지도 않을 거예요."

"아하." 아버지의 말이었다. "하지만 다른 사람이 그 더러운 일을 다 해놓으면 와서 먹긴 할 테지. 사실 채식주의자도 아니잖나?"

"좋아요. 그게 조건이라면 전 지금부터 채식주의자 할게요."

"괜찮아, 몰리." 슬레이드 교수가 말했다. "사사건건 다 같이 할 필요는 없지. 너는 가서 앨리슨 씨를 돕는 게 어떠니? 컵을 씻든, 뭘 하든."

"전 가서 옷을 좀 빨아야겠어요." 몰리가 말했다. "이 튜닉은 정말 끔찍하네요."

"엄마." 내가 말했다. "나 토끼 손질하게 되면 내 튜닉은 엄마가 빨아주면 안 돼? 해변에서 너무 더웠어. 모래도 잔뜩 묻어오고."

"그렇게 하자." 엄마의 말이었다. "벗어서 여기다 둬. 그럼 남자들은 어떻게 할래요? 기왕 세 벌 빠는 거 여섯 벌 빠는 게 나을 것 같은데. 비누가 없어서 많이 깨끗해지지는 않겠지만 지금보다는 좀 낫겠지. 날이 이래서 분명히 잘 마를 거예요.”

나는 움막으로 가서 다른 사람들의 눈에 절대 띄지 않을 내 침상 위에 무릎을 꿇고 앉아 튜닉을 벗었다. 제일 따가운 곳은 단연 등이었고, 움막 안으로 햇빛이 들어온다 해도 어차피 눈으로 볼 수 없는 곳이었다. 그래서 나는 닿는 데까지 손끝으로 더듬어보며, 더듬더듬 피부의 상태를 짐작해보았다. 좋지 않았다.

애석하기도 하지. 나는 생각했다. 순서가 바뀌었다면 좋았으련만. 혁대가 먼저, 그리고 다음이 냇가였다면. 그랬다면 차가운 물이 도움이 됐을 텐데. 물론 내가 처음부터 냇가에 가지 않았더라면 차가운 물이 필요해질 일도 없었을 테지만(아버지가 다른 구실을 만들어내지 않는다는 전제하에서).

어떤 날은 그냥 알 수 있었다. 나를 때려야만 직성이 풀리겠구나. 그럴 때는 내가 얼마나 얌전하게 숨을 죽이고 다니든지 간에 조만간 맞을 이유가 생기곤 했었다. 그런데 냇가에서 아버지가 화를 낸 건, 그건 정말 내 행동 때문이었다. 내가 예상해야 했는데 그러지 못했어. 더 멀리 갔어야 했는데. 브래지어를 벗지 말았어야 했는데. 브래지어에 관해서는 아버지의 말이 틀리지 않았다. 남학생 중의 하나가 오기라고 했다면? 문에 걸어둔 가림막이 젖혀졌다. 엄마다. 하늘을 배경으로 펼쳐진 엄마의 실루엣.

"거기에서 뭐 하고 있니, 실비? 아버지가 물어보셔서 온 거야. 아버지 더 기다리시게 하지 말아야지."

"아무것도 아니에요. 곧 갈게요."

"가장 먼저 토끼의 가죽을 벗겨야 해. 네 발을 잘라내고." 아버지가 말했다. "이런 식으로. 그리고 이쯤부터 길게 칼질을 하는 거야. 다리 위쪽까지 쭉 칼집을 내는 거지. 칼집들이 한 지점에서 만날 수 있을 만큼 길게. 배 가운데까지. 대개는 목 근처까지도 칼집을 내는데 우리는 이 토끼 가죽을 쓸 계획이기 때문에 이 라인을 따라 칼집을 내는 거야. 앞다리도 똑같이 하고. 그러고 나면 쉬워. 바나나 껍질 벗기듯 벗기면 돼. 힘을 좀 줘야 벗겨낼 수 있는 곳도 있으니까 조심하고. 그다음, 마지막에 머리를 잘라내는 거야. 이때는 쇠로 만든 칼을 쓰는 게 더 쉬워. 여길 봐. 이렇게 척추를 통과해야 하거든."

나는 아버지가 그렇게 하는 걸 전에도 본 적이 있었다. 비록 그때에는 주방용 가위와 아버지가 '사냥 칼'이라고 부르는 도구로 하긴 했지만. 19세기 미국의 서부 개척자들처럼, 혹은 추측건대 철기시대 노섬벌랜드 사람들처럼, 마치 인간이 동물을 죽이고 조각내는 일이 일상적인 일의 하나인 곳에 우리가 살고 있다는 듯이. 그런데 남학생들은 눈에 띄게 떨고 있었다.

"댄 군, 자네 뭐라고 했나?" 아버지가 말했다. 댄은 고개를 저었지만 나는 들었다. "토하지 말자, 토하지 말자. 할머니의 장미들을 생각해."

그쯤 되자 피가 홍건했고, 맞다. 피 냄새도 났다. 뭔가를 도살하면 점점 생명체 본래의 형체를 잃기 때문에 점차 보기가 수월해질 것이라고 예상하지만, 토끼의 경우에는 그렇지가 않다. 가죽을 벗겨낸 토끼는 끔찍하게도 목을 잘라낸 아기와 비슷하다. 적어도 나한테는 그렇다.

"됐다." 아버지가 말했다. "이제 배를 가르고 내장을 꺼내기만 하면 돼. 창자. 이거 봐라. 허파와 심장, 저건 간인 것 같구나."

나는 아버지의 손을 봤다. 가죽. 나는 생각했다. 아버지의 가죽과 나의 가죽. 아버지 혁대에 있는 그을린 가죽. 털이 보드라운 토끼 가죽. 우리들의 표면. 피와 공기 사이 우리들의 장벽.

물은 가죽을 통과할 수 없다. 피부 속으로 침투해서 마치 영원히 존재하는 가죽처럼 보존해주는, 그리하여 표면이 뇌와 혈액보다 이천 년에 이르도록 더 오랫동안 존재할 수 있게 해주는 '습지의 물'이 아닌 이상은. 살아있는 가죽을 보호하기 위한 가죽 신발. 그리고 그 살아있는 가죽을 아프게 하기 위한 가죽 벨트. 피로 검붉어진 아버지의 손가락이 토끼의 내장을 풀밭에 떨구었다.

댄이 토했다.

"오, 이런." 아버지가 말했다. "보통 여자들이 고역을 치르는데, 안 그러니? 남자들이 좀 더 배짱이 좋기 마련인데 말이야. 뭐, 말하자면 그렇다는 거지. 좋아, 방금처럼 하면 되는 거야. 조각을 낼지 말지는 나중에 앨리슨이 원하는 대로 하자. 어떤 식으로 요리할 건지 봐야 하니까. 자, 학생들이 해야 할 일이 많네. 실비, 허파 가지고 오는 거 잊지 말고."

아버지가 자리를 비웠다. 댄은 나뭇잎들을 모아 토사물을 덮으려 애썼다. 햇볕에 토사물 냄새가 올라왔다.

"괜찮아." 피터가 말했다. "좀 앉아. 세상에나, 나도 거의 토할 뻔했어." 피터가 흘긋 나를 봤다.

"실비, 아버지가 늘 저러셔? 아니, 내 말은. 아냐, 미안해. 너한테는 아버지라는 걸 나도 알긴 아는데, 하지만."

"늘 저렇다는 게 무슨 말이야." 내가 말했다. "과시욕 충만하고 잔인한 거? 맞아. 솔직히 거의 늘 그래. 내가 미안하다."

댄과 피터가 눈빛을 교환하는 게 보였다. 단어들이 허공을 가르며 오가는 게 눈에 보일 지경이었다. 집에서는 그럼 어떻다는 거야? 실비 너희 가족은, 너의 인생은 어떻다는 거야?

"그럼 너는 이걸 해본 적이 있겠구나?" 댄이 물었다. "토끼로도 해봤어?"

"아버지가 하시는 걸 옆에서 도와드린 적이 있어. 돌칼로 한 건 아니었지만. 하다 보면 쉬워지는 것 같아. 어차피 우리 이거 해야 하는 일이잖아. 그냥 빨리 해치우는 게 낫겠어."

나는 칼과 토끼를 집어 들었다. 토끼에게서 여전히 온기가 느껴졌던 것은, 그래서 내가 살아있는 토끼의 발을 난도질하는 듯한 느낌이 들었던 것은, 그저 뜨거운 날씨 때문이었다. 토끼는 움찔하지 않았다. 그저 내가 뼈를 발라내다가 신경을 건드려서 튀어 오른 것일 뿐. 토끼의 눈이 점점 멍해지기 시작했다. 사람들은 어떻게 토끼를 죽일 수 있었을까? 나는 아직도 잘 모르겠다.

당연한 일이었지만 그날 밤은 잠들기 어려웠다. 제대로 된 베개가 없어서 엎드려 자려니 목을 과도하게 돌리지 않을 수 없었다. 아버지는 혁대가 양쪽을 모두 감아칠 수 있게 백핸드를 썼거나 손의 방향을 바꿨음이 분명했다. 나무 생각을 했던 게 신의 한 수였다. 맞을 때는 생각을 못 했는데, 아버지는 늘 대칭을 좋아했었다. 등을 대고 눕든, 왼쪽이나 오른쪽 어느 편으로 눕든 아팠다.

나는 나무를 생각했다. 손바닥에 느껴졌던 보드랍고 여린 나무껍질, 이마에 전해지던 온기. 사람들은 마가목을 집 현관 근처나 담장 근처에 심곤 했는데, 그게 악령을 막는다는 의미라고 했던가, 아니면 좋은 걸 불러들인다는 의미라고 했던가. 기억나지 않았다. 마가목은 황야 지대에 다 쓰러져 가는 오래된 오두막 옆에 가보면 종종 보게 된다.

나는 받친 손에 힘을 주고 몸통을 들어 무릎을 지푸라기 부대 위에 올리고 목을 편하게 두기 위해 아래로 늘어뜨렸다. 악령. 나는 생각했다. 유령. 아버지가 사랑하는 습지 미라처럼, 이제는 희생자 그리고 폭력의 대상으로서만 존재할 수 있는 것들. 한 해 전에 컬러 사진이 들어간 새로운 책이 출간됐었다.

"어린 십 대 소녀였어." 아버지가 말했었다. "이 사람들 생각엔 네 또래 소녀인 모양이야. 몸집도 작고 절뚝이는 소녀였는데, 아예 못 걷게 되었구나. 보니까 꽤 긴 기간 심한 폭행을 당한 것 같기도 해. 엑스레이를 찍어보니까 살아 있는 동안에 뼈가 부러졌다가 다시 붙은 골절흔이 있었다지. 실비, 네가 생각하기에는 이 애가 어떻게 죽었을 것 같니?"

아버지는 내 앞으로 사진을 들이밀었다. 피부를 뚫고 나온 팔과 다리의 뼈. 심하게 맞은 자국이 남아 있는 몸통과 제자리를 벗어난 흉곽과 골반. 그러나 여전한 표정. 습지에 그을린 그녀의 얼굴에 거의 다 남아 있는 표정. 그 마지막 아침에 그녀가 땋았을 것이 분명한 긴 머리. 푹 꺼진 구멍 위로 여전한 눈꺼풀, 속눈썹. 목에 감긴 밧줄. 내가 말했다.

"목 졸려 죽었을 거예요."

하지만 나는 습지 미라들의 죽음의 이유가 단 한 가지인 경우는 거의 없다는 것을 당연하게도 알고 있었다.

"그렇긴 하지." 아버지가 말했다. "아마 그랬을 거야, 마지막에는. 그런데 말이다, 습지에 들어갈 때까지도 살아있는 상태였을까? 이 미라는 지지대로 받친 흔적이 있어. 보렴, 상박을 관통했어. 이 구멍들이 막대기를 박아 넣은 자리란다. 발도 절단한 모양새이긴 한데, 그게 죽기 전인지 죽은 후인지는 알 수 없구나. 그리고 머리도 제대로 얻어맞았군. 이것 봐, 여기 다음 페이지를 한번 보렴. 그리고 여기에 있는 이 베인 상처들. 이 상처들은 죽기 전에 있었던 거다." 아버지는 나를 올려다보고는 교복 셔츠를 입고 있는 내 팔뚝과 어깨에 손을 댔다.

"이쯤, 그리고 이쯤에 상처를 냈을 거야. 봐, 찌른다고 죽을 자리가 아니잖아. 고통만 주려고 했던 거지. 그리고 얼굴에 있는 이거, 그리고 저건 아마 수치심을 주려고 그랬을 게다. 사람들이 보고 있었으니까." 머리 선을 따라가는 내 이마. "네, 그렇군요." 내가 말했다. 그녀의 손은 결박당해 있었다. 이천 년 동안.

나는 침낭 위에 다시 몸을 눕혔다. 죽기 전, 그 습지 미라 소녀에게도 인생이 있었다. 그녀는 자고, 일어나고, 잠 못 이루는 밤을 보내고, 햇빛과 바람과 비를 느꼈다. 하늘을 읽는 법을 배우고, 머리 뒤에서 자신의 머리를 땋아내리는, 내가 본 몰리가 하던 방법 그대로, 그 가능하지 않을 것 같은 손가락의 춤을 배웠다. 어린아이 습지 미라는 거의 없고, 내가 아는 한 아기 습지 미라도 없으므로 지금까지 습지에서 발견되어 우리에게 온 미라들은 분명히 누군가가 보살피며 먹였을 것이고, 분명 누군가의 가족이자 이웃이었을 것이다. 어느 날 자신이 더 이상 다른 사람들과 같을 수 없다는 것을 알게 되기 전까지는, 밤사이 무언가 바뀌었다는 것을 알게 되기 전까지는.

어느 날 아침 밧줄과 날카롭게 갈아둔 칼을 가지고 헤더 관목 속에서 기다리고 있던 누군가가 당신을 깨우러 왔든, 당신의 마지막 인사를 전할 수 있도록, 유령 같은 존재가 되어버린 당신의 상황에 익숙해질 수 있도록 몇 주 혹은 몇 달의 말미를 받았든. 정작 그날이 왔을 때 자신과 죽음 사이의 거리가 얼마나 떨어져 있는지를 아는 사람은 아무도 없다.

생각을 말아야만 했던 거겠지. 나는 생각했다. 그리고 그 생각의 끝에 잇닿은 나무 생각. 나는 내가 그 사람들에게 무언가 붙잡을 만한 것이 있었기를, 고통을 견딜 수 있는 부적이 있었기를 바라고 있다는 것을 깨달았다.

나는 알고 있었다. 그들에게 그런 것은 없었다.

새들의 노랫소리가 점점 더 커져서 나는 잠을 포기하고 삐걱대는 소리를 최대한 잠재우며 침상에서 빠져나와 움막 출입구를 향해 조심스레 발을 디뎠다. 아버지가 일어났다면, 그래서 만일 나를 본다면, 아버지는 내가 일찍 일어난 것이 흐뭇해서, 어쩌면 어릴 적 야간 근무를 마친 아버지가 집에 돌아왔을 때 내가 일찌감치 일어나 아래층에서 조용히 놀고 있으면 종종 그랬던 것처럼 새벽길을 함께 산책하는 순간을 만끽하게 해주거나, 아니면 아직 어두운데 쥐새끼처럼 돌아다닌다고 힐난하며 또 화를 내겠지.

나는 출입구에 걸린 덮개 아래 잠시 몸을 숨기며 때를 기다렸다. 어쨌거나 결국에는 오줌을 누기 위해 숲으로 들어갈 수도 있고, 물을 마실 수도 있을 거야. 그 순간 그런 생각이 들었다. 만약 집이라는 건물이 없다면 누군가의 움직임을 제한하기가 훨씬 더 어려워. 남자에게 여자를 통제하는 일이 더 어려워지지.

나무에는 가벼운 물안개가 뒤섞여 있었고, 그림자가 생기기에는 아직 해가 너무 낮았다. 창백한 하늘에 나뭇가지들은 흐릿했다. 나는 이슬에 젖은 차가운 잔디 위에 올라섰고 햇볕에 탄 내 발들이 그것을 반겼다. 나는 두 팔로 나를 감싸고 초록의 식물들이 자라는 냄새가 담긴 시원한 공기를 깊이 들이마셨다. 새들의 노랫소리, 가까운 덤불에서 들려오는 날아오를 듯 높은 소리, 그리고 어제 떡갈나무에서 들었던 까만 새의 소리. 바람 한 점 없는 고요한 새벽. 나는 스치듯 아주 잠깐 생각했다. 다시 물가로 가볼까? 그러나 나는 그리 하지 않으리라는 것을 알고 있었다.

황야 언덕 위에 올라가서 일출. 안 될 건 또 뭐람? 비록 그곳에는 숨을 데가 없겠지만 말이다. 혹여 아버지가 일어나 아마 토끼를 몇 마리 더 잡아 들고서 그쪽으로 오거나 하면, 그럼 반경 5마일 이내 어디서든 아버지 눈에 띄게 될 텐데. 내가 남자랑 같이 있는 게 아니라 혼자 있는 걸 본다고 해도, 내가 파자마 차림임에도 불구하고, 아버지에게 파자마는 반쯤 벗은 것일 수도 있으려나. 나는 밖에 나와서는 안 되는 거다.

생각들이 어수선해지기 시작했다. 마음이 창문을 들이받는 새 같아지기 시작했다. 그런 다음 날이면 종종 그랬다. 쉿. 숲에 가서 오줌을 누고 움막으로 돌아가 눕자. 일 만들지 말자.

나는 마치 중세시대에 공개 처형을 당한 것처럼 매달려 있는 토끼들과 내장을 바른 물고기들을 지나쳤다. 발바닥은 벌써 발아래 나뭇가지들 때문에 딱딱해지고 있었다. 나는 평소보다 더 먼 곳까지 갔고, 파자마를 내리고 쪼그려 앉기까지, 혹시 누가 나를 보고 있지는 않은지 계속 확인했고, 잔가지 부러지는 소리에도 누군가의 발소리가 아닌가 싶어 발을 멈췄다. 누구든 볼 수 있게 숲속에서 옷을 다 벗은 채로 나를 과시하는 일.

땅바닥에 오줌을 누고 있으니 색을 볼 수는 없었지만, 냄새가 강했다. 물을 더 많이 마셔야 했다. 화장지는 없다. 나는 몸을 털고 따뜻한 물웅덩이에 동동 떠 뒹굴고 있는 나뭇잎으로 탐탁지 못한 뒤처리를 한 후 다시 옷을 입었다. 기모 처리한 면에 살갗이 아팠다. 돌아오는 길에는 토끼에게서 눈을 돌렸는데, 나는 잘려나간 토끼의 척추에서 보이는 푸르스름한 빛을 보고 싶지 않았다.

엄마는 부위별로 조각낸 토끼고기를 원했다. 그러면서 꼬챙이에 꽂아서 통구이를 하는 것보다는 스튜를 만드는 게 훨씬 쉽다고 말했는데, 거기에 재빠르게 말을 덧붙였다. "그리고 그게 확실히 실제에 더 가까울 거예요. 그 시절 사람들도 요즘 사람들처럼 고기에 채소를 곁들여서 요리해 먹는 걸 더 좋아하지 않았겠어요?" 누가 봐도 아버지는 분홍빛 작은 몸들이 꼬챙이에 꽂혀 불 위에서 돌아가는 모습을 보고 싶어하는 것 같았지만, 슬레이드 교수가 거의 확신에 차서는 그렇다고 대답해버렸다. 선사시대 조개무지는 요리법에 대한 충분한 근거를 남기지 않았고, 상식이 그 자리를 대신 차지했다. "그럼 좋아." 아버지가 말했다. "내일 실비가 뼈를 발라내도록 해라. 어떻게 하는 건지 학생들에게 보여줘."

"실비야, 안녕."

몰리. 한 손에 화장실 휴지, 다른 한 손에 수건. 파란색 튤립이 그려진 단추 달린 잠옷. 금빛 머리칼의 물안개에 저절로 헐거워진 땋은 머리. 나는 움막 쪽을 흘끗 살폈다.

"쉿." 내가 속삭였다. "안녕. 나는 그냥, 그냥 숲에 있었어."

"알아." 몰리가 말했다. "난 아무도 모르게 똥 싸려고 일찍 일어났어. 끔찍하지 않니? 심지어 이게 불법이 아니라니 놀랍다, 놀라워."

"쉿!" 나였다. "응, 숲속에서 대변 보는 거 불법 아니야.

사람들이 수천 년 동안 살아온 방식인걸. 구멍 판 다음에 일 보고, 일 끝내고 나서 구멍 다시 덮는 거, 그것만 잊지 마.”

“그래. 그래서 사람들이 수 세기 동안 콜레라와 이질로 죽어갔지. 찬양하라 자연의 방식을!”

“콜레라는 도시 전염병이었어. 오물이 상수도에 섞여 들어가면서 생긴 거지. 여기는 그만큼 형편없는 환경이 아니잖아.”

“대단하네. 그 사람들 결국 어떻게든 죽었을 거야. 사냥하다 생긴 상처에 염증이 생겨서 죽든, 애를 낳다가 죽든.”

“쉿! 나는 다시 들어갈 거야. 숲속에서 좋은 시간 보내.”

“잠깐만.” 몰리가 말했다. “실비, 너 등에 거기 왜 그래?”

나는 잠옷 윗도리를 어깨까지 끌어 올렸다.

“햇볕에 탔지. 네 등도 이럴걸?”

몰리가 내 어깨에 손을 댔고 나는 움찔했다.

“햇볕에 탔다고 이렇게 되지는 않아.” 몰리의 말이었다.

“아무것도 아니야. 괜찮아. 나 이제 들어가봐야 해. 아버지가…, 나 아직 졸려. 시간 있을 때 좀 더 자야겠어. 이따가 보자.”

문밖까지 아버지 코 고는 소리가 들려왔다. 나는 몸을 수그리고 들어가 눈이 어둠에 적응할 때까지 기다리며 잠시 그 자리에 서 있었다가 깔끄러운 벽을 손으로 더듬어가며 한 발 한 발 조심스럽게 내딛고는 마침내 내 침상에 무룡을 대고 편히 앞으로 기댈 수 있었다. 이렇게는 안 되겠는데. 나는 생각했다. 오늘을 버틸 자신이 없어. 이렇게는 안 돼. 너무 쓰라려. 지금까지 이렇게 심했던 적은 한 번도 없었는데.

하지만 나는 알고 있었다. 나는 할 수 있고, 하게 되리란 걸. 그건 대체할 만한 선택지가 있는 그런 일이 아니었다.

영국 하늘이 비 내리는 법을 잊은 양, 이튿날도 눈부셨다. 늘 가장 먼저 변하는 건 고사리여서 한여름이면 이미 구릿빛이 되곤 하는데 그때는 아직 굳건하게 짙은 녹색이었다. 보라색과 노란색 살갈퀴, 디기탈리스, 결코 빼놓을 수 없는 언덕 위 헤더까지. 마치 모든 꽃이 일제히 한꺼번에 피어난 것처럼 보였다. 심지어 그때쯤이면 꽃이 다 떨어졌어야 하는 숲속의 실잔대와 인동마저도 때를 잊은 듯 여전히 풍성하게 피어 있었다. 나는 몸을 꼿꼿이 세운 채로 주위를 배회하는 동안 계속 식물들을 생각하려 애썼고, 까슬한 튜닉이 피부에 닿지 못하게 어깨를 활짝 펴고는, 아버지가 앉으라고 하기 전까지 자리에 앉는 일을 피하고 있었다.

"그러다 흘릴라." 아버지의 말이었다. "어머니가 해준 음식에 예의를 갖춰야지. 그렇게 돌아다니는 꼴 허락한 적 없어." 나는 고개를 떨구고 아버지가 시키는 대로 했다. 아팠다.

"전 오늘 별로 배가 안 고프네요. 죄송해요, 앨리슨 아주머니." 몰리였다.

"토끼고기를 부위별로 자르는 건 아침에 실비가 하기로 했고." 아버지가 말했다. "앨리슨, 오늘은 사람들이 원할 때 식사가 딱 준비돼 있도록 실비랑 확실히 신경 쓰도록 해. 듣고 있어?"

사람들이 있을 때 모험을 해봤다. 나는 내게 아직 생각과 목소리가 있다는 걸 아버지에게 알려주고 싶었다.

"네, 하지만 쉽지 않아요, 아빠. 시계가 있는 것도 아니고, 자기 배꼽시계 따라서 배고프다고 하는 사람이 일곱인데 한 번에 점심상을 차리라니." 엄마가 크게 숨을 들이쉬었다. 어쩌라고. 나는 생각했다. 또 때려봐. 어디 해봐. 사람들 다 보고 있을 때 공개적으로 때려보라고. 철기시대 고통의 의식. 해봐, 해보자고.

"실비, 제대로 돕기나 해. 멍청한 소리 하지 말고. 그러니까 네가 제시간에 준비해야 한다는 거야. 사람들이 먹고 싶을 때 먹을 수 있게. 시작해, 어서." 아버지는 내 눈에 똑바로 응수했다. "받침대 옆에 있는 돌에 앉아서 하면 되잖아. 편하겠구먼, 안 그래?"

댄이 일어서서 말했다. "제가 할게요. 저랑 피터가 할게요. 저희도 어떻게 하는지 알아야죠. 실비는 몰리랑 같이 가도 돼요. 어제도 실비가 가죽 벗기고 내장 꺼내는 거 혼자서 거의 다 했어요."

"실비가 있어야 어떻게 하는 건지 너희들한테 알려줄 것 아니냐." 아버지의 말이었다.

"제가 하지요." 슬레이드 교수가 말했다. "저도 연습을 좀 해야겠네요. 아내가 큐브 모양으로 썰린 고기를 좋아하는데 내가 그렇게 해본 지가 너무 오래됐어요. 여학생들은 다녀와요. 마늘 잎도 좀 더 따오고. 여기 수렵채집 안내서를 들고 가서 다른 거 더 구할 게 있는지 좀 보고. 지금쯤이면 뿌리하고 잎들을 많이 구할 수 있을 거야."

"황야 언덕에 야생 백리향이 있었어요." 내가 말했다.

"그래그래." 아버지가 말했다. "하지만 교수님이 뿌리하고 잎이라고 말씀하셨잖아, 못 들었니? 허브가 아니라. 언덕 올라가서 뛰어놀라고 주는 시간 아니다. 여자애들끼리 다닐 때는 동네 벗어나지 말고, 알았어?"

"네, 아빠. 그럴게요."

짐작건대 엄마는 또 설거지하면서 집에 머무르겠지. 엄마는 그게 문제였다.

몰리와 함께 야영지를 벗어나는 건 중등학교 다닐 적 쉬는 시간에 군것질하러 몰래 교문 밖을 나가던 느낌과 비슷했다. 그때는 학교 터를 떠나는 게 금지였던 때라 길 따라 내려가면 있는 구멍가게에만 가도 다 별천지였다. 처음에는 마치 누군가 우리를 다시 불러 세우기라도 할 것처럼 햇살이 얼룩진 나뭇가지와 나뭇잎들 위를 잰걸음으로 서둘러 걸었다. 작은 동물의 사체가 발에 밟혀 훼손되어도 어쩔 수 없다. 그건 물가에 가서 닦아내. 앞서가는 몰리의 땋은 머리가 갈색 튜닉 위에서 들썩이며 꿈틀거렸다. 나는 머리가 간지러웠다. 철기시대에 머리를 감는 일은 흔치 않았을 테지. "소의 오줌을 사용하곤 했어." 아버지가 만족스러워하며 말했었다. 왜 그런지는 설명하지도 못했으면서. 아버지라면 우리 두 사람에게 소 오줌 한 양동이를 주고 여기에다 머리를 담그라고 지시하며 즐거워했을 것이다. 나는 나뭇가지에 걸려 휘청했고, 중심을 잡았다. 몰리가 멈춰 섰다.

"미안해, 내가 너무 빨리 걷고 있지? 진짜 너무 나오고 싶었거든." 몰리가 손을 뻗었다. "너, 괜찮아?"

나는 몰리의 손을 꼭 잡았다가 놓았다. 몰리의 손가락은 내 손가락보다 따뜻했고 건조하고 강했다.

"응, 괜찮아. 잠깐 삐끗했어. 그런데 우리 어디 가는 거야?" 내가 물었다. "안내서를 봐야 하는 거 아닌가? 마늘 잎이 아직 남아 있다면 그늘진 울타리나 숲속 좀 밝은 데에 있을 거야."

"아니, 그런 건 무시해. 우린 스파에 갈 거야."

우린 다시 걷기 시작했다. 두 사람이 나란히 걷기에는 좁은 길이었다.

"그럼 수렵채집 활동은 어떻게 하고? 과자 봉지를 들고 돌아가서 '이거 봐요, 우리가 울타리 밑에서 뭘 찾았게요?' 할 순 없잖아."

“채소를 사는 건 어때?” 몰리의 말이었다. “땅바닥에 좀 내려치고 진흙 위에 굴리면 되지.”

나는 몰리의 발뒤꿈치를 따라잡느라 발이 바빴다.

“안 될걸? 농장에서 기른 채소를 가져오는 게 어떻게 수렵채집이야. 도둑질이지. 아버지가 불같이 화낼 거야. 다들 야생 식물을 기대하고 있어.”

“그래, 그렇다면.” 몰리가 말했다. “찾자. 대신 먼저 스파에 갔다 온 다음에. 우리가 너무 오래 걸렸다거나 많이 못 찾아왔다고 한들, 한 소리 들을 만한 일도 아니고. 교수님도 계속 말하잖아, 이건 쇼핑처럼 되는 일이 아니라고. 쇼핑 리스트를 들고 나가면서 제시간에 돌아와 여섯 시 뉴스 시간에 맞춰 저녁을 준비할 수 있다고 확신할 수 있는 일이 아니라고. 어쩌면 오늘은 좀 시간이 오래 걸릴 수도 있고, 많이 못 찾을 수도 있고.”

“알았어.” 내가 말했다. “하지만 빈손으로 돌아갈 수는 없어, 정말이야. 아버지가 절대로 가만히 있지 않을 거야.”

“흠, 실비. 아버지가 자주 그러셔?”

무언가 꿀렁했다. 마치 속도를 줄이지 않은 자동차가 빠르게 구릉을 넘어갈 때처럼.

“아니. 아무 일 없어. 그러니까 내 말은, 나도 어제 아버지가 좀 우리한테 쌀쌀맞게 구셨다는 건 아는데, 원래 좀 그러서. 나쁜 감정이 있거나 그런 건 아니고.”

“그렇겠지.” 몰리가 말했다. “나는 사람들의 의도보다는 그 사람들이 무슨 행동을 하고, 무슨 말을 하는지에 더 관심이 많아. 아버지가 떠나고 나서 깨달았어.”

듣고 싶지 않은 이야기가 시작되고 있다는 걸 느낄 수 있었다. 예전에 친구네 어머니가 똑같은 시도를 한 적이 있었다. 클레어와 같이 밖에 나가려고 아주머니가 계시던 주방을 지나칠 때였다.

“실비, 너 클레어 이모 캐런 알지? 내 여동생 말이야. 클레어가 너한테 캐런 이모 이혼했다는 얘기했니? 글쎄, 알고 보니까 애가 지금껏 남편한테 맞고 살았다는 거야, 애들하고 같이. 이웃들 몇 명이 심증만 가지고 있었다더라.”

“아뇨.” 내가 말했었다. “클레어는 그런 얘기 안 했는데요. 어쩜 그렇게 슬픈 일이…. 어쨌거나 저랑 클레어는 나가려던 참이었는데, 그래도 되죠?”

몰리와 내가 숲 끝자락에 거의 다 다다른 참이었다. 나무 사이로 햇볕이 강하게 내리쬐어서 나는 나도 모르게 팔뚝으로 두 눈을 가렸다.

“야.” 몰리였다. “그렇게 심하지도 않네, 뭐. 조금만 참아 봐, 적응될 테니까. 정말이지 나는 내가 이 북쪽에서도 햇볕에 타는 걸 걱정하게 될 줄은 몰랐어. 나 사실은 스웨터하고 코트도 챙겨왔거든. 교수님이 북쪽은 사시사철 춥다고 그래서.”

“음.”

나는 그 학생들을 만나기 전까지는 우리가 ‘북부 윗동네’

에 살고 있다거나, 우리를 '북부지역 사람들'이라는 식으로 생각해본 적이 없었다. 북쪽이라니, 대체 어디를 기준으로 북쪽이라는 거지?

"아마 네가 사는 곳하고 별로 다를 바 없을 거야." 내가 말했다. "더 먼 북쪽에 저 커다란 스코틀랜드가 있잖아. 우리가 있는 이곳은 중부지역이지."

"아니야. 확실히 여기가 더 춥긴 해. 느낌이 확실히 달라. 밤도 더 짧고. 이제 이 길을 따라가면 도로에 닿게 될 거야. 거기에서 십 분만 더 걸어가면 가게가 있으니까 이제 지나가는 사람들한테 덜떨어진 인간으로 보일 일만 남았네."

"누가 보든, 보지 않든 우리는 덜떨어진 행색이야." 내가 말했다. "그리고 어쨌거나 지금쯤이면 동네 사람들도 우리가 이렇게 지내고 있다는 거 다들 들어서 알고 있을걸."

몰리의 말이 맞았다. 첫 번째 만난 차량이 지나가다 속도를 늦추더니, 타고 있던 두 사내가 창밖을 내다보고는 우리에게 소리쳤다.

"어이! 이쁜이들. 너희 셔우드 숲 원주민이야?"

몰리는 마치 신경 쓸 가치도 없다는 듯, 공공도로에서 여자애가 그렇게 음란한 손동작을 해도 아무런 화도 입지 않을 거라는 듯, 그들에게 두 손가락을 세워 보였다.

"머저리들." 지나가는 차 뒤통수에 대고 몰리가 말했다. "가다가 다리에나 콱 박아버려라."

“몰리!” 나였다. 저주의 말이 진짜 저주가 된다고는 생각하지 않았지만.

“뭐. 양아치는 이렇게 상대해야 해. 저기 봐, 스파다. 내 말 맞지? 나는 아이스크림 먹을 건데, 넌 뭐 먹을래?”

“모르겠어. 가서 뭐 있는지 보고 정할래.” 내가 가진 돈으로 살 수 있는 게 뭔지 보고 정할래. 이게 속마음이었다.

그때는 나도 대학준비 과정생이었고 동네에 아르바이트 자리도 있었는데 아버지는 내가 주말 아르바이트를 하는 걸 엄격하게 금지하셨었다. “먹여주고 재워주는데 네가 일을 왜 해? 그리고 그렇게 시간이 흘러넘치면 집 안에도 할 일 많다. 네 엄마 봐. 공부를 잘해야 저렇게 평생 가게에서 일하는 꼴을 면하지.” 아버지는 내가 부모님보다 나은 삶을 살길 바랐거나, 아니면 돈은 곧 권력이므로 내가 아무것도 쥐지 못하기를 바랐을지도 모른다. 어쩌면—아무래도—둘 다였거나. 엄마는 몰래 몇 푼씩을 내 손에 쥐여 줬고, 가게에 심부름을 다녀와도 잔돈에 대해서는 늘 묻지 않았다.

겨드랑이로 땀이 흘렀고, 나는 손등으로 윗입술을 훔쳤다. 가게는 지평선 즈음, 언덕배기가 시작되는 곳에 있었고, 가게 뒤로는 황야의 신기루가 아스팔트와 하늘 사이에서 일렁이며 공중을 배회했다. 저 높은 곳에서는, 소리 없이 비행기 한 대가 자취를 남기지 않고 지나갔다.

“채집을 꼭 하긴 해야 해.” 내가 말했다. “우리가 어디에 있는지 사람들이 궁금해할 거야."

"나는 먹을 수 있는 걸 찾아야겠어." 몰리의 말이었다. "뭔가 맛있고 열량이 있는 거. 내가 곰곰이 생각해봤는데 이 순수 원시시대에서 설익은 곡물에 토끼 내장하고 사느니, 나는 차라리 아이스크림하고 감자칩하고 에어컨이 있는 곳에서 핵전쟁의 위협을 견디면서 살겠어."

나는 그게 현실적으로 가능한지 아닌지에 대해 따지지 않기로 했다. 안전한 물 공급과 항생제 같은 것에 관해 언급하지 않기로 한 것이다. 그리고 어쨌거나 몰리의 말이 틀린 것도 아니었으니까.

"2991년에 누군가 잔디 덮인 언덕을 발견하는 거야." 내가 말했다. "거길 파헤쳐보고는 우리가 음료수 컵과 플라스틱 포장 용기들을 숭상했다고, 우리의 종교성 중에서 그게 가장 결정적인 것이었다고 결론지을 수도 있지 않을까?"

"그러게." 몰리가 대답했다. "틀린 말도 아니지. 맞는 말 아니니?"

나는 몰리더러 먼저 들어가라고 했다. 뒤에 남아 밖에서 기다리려던 나는 이내 튜닉에 모카신을 신고 가게 앞에서 혼자 하릴없이 서 있는 것이 몰리를 따라다니며 가공식품과 과대 포장된 음식이 채워진 세 열의 복도를 배회하는 것보다 훨씬 더 멍청해 보일 거라는 것을 깨달았다. 몰리가 나를 위해 문을 잡고 있었다.

"들어와! 괜찮아, 나 여기 거의 매일 왔었어. 이상하게 처다볼 사람 없어."

몰리는 쇼핑 바구니를 들고 휘적휘적 돌아다녔고, 그런 모습이 그녀의 머리 위 흑백 CCTV에 비쳤다. 사과 한 봉지, '홀라 홉스' 여러 봉지, '웃긴 사이즈'의 '마스' 초콜릿바 작은 패키지. 왜 작은 크기의 초콜릿바를 먹는 게 더 웃긴 일인지 아직도 이해할 수 없지만. 파스텔색 상자에 담긴 예쁜 '퐁당 팬시'.

"먹으면 안 되는 줄 알면서도 댄이 절대 못 끊는 거야." 몰리가 말했다. "어릴 때 할머니가 이걸 사주곤 하셨대. 몸에 털이 잔뜩 난 180센티미터 키의 남자애가 분홍색 케이크를 먹고 있는 걸 보게 되다니, 돈을 얼마를 쓰든 아깝지 않지."

문에 달린 종이 울리고 한 여성이 들어왔다. 매력적인 회색 리넨 옷을 입고, 신발이란 대체 어떻게 만드는 것인지를 잘 알고 있는 사람이 우리의 모카신을 보고 다시 만든 것 같은 플랫슈즈를 신은 여성이었다. 여자는 나를 아래위로 훑어보았다.

"좋은 아침이에요." 그녀가 말했다. 빨간 립스틱. 일부러 하얀색 브릿지를 넣은 보브컷 단발.

"안녕하세요." 내가 말했다. "아, 아니. 좋은 아침입니다. 죄송해요."

"아니, 왜 뭐가 죄송해요?" 그녀의 말이었다. 나는 눈으로 몰리를 찾았다. 몰리는 계산대 옆 냉동고를 들여다보며 아이스크림에 관한 심도 있는 연구를 하고 있었다. 나는 마치 전깃불과 페인트칠 된 벽이 있는 곳에서는 어떻게 행동해야 하는지 잊은 사람 같았다.

"저도 잘 모르겠어요. 죄송해요."

"고고학자들이랑 같이 온 학생이군요."

정확히는 재연가들이지만, 뭐라 불리든 상관없지.

"네." 내가 말했다. "철기시대 노섬브리아 사람들처럼 살고 있어요. 아, 제 말은 물론 그 사람들이 '스파'에 가서 케이크를 사지는 않았을 테니까, 저희가 철기시대 사람들이랑 똑같이 사는 건 아니긴 하지만, 그래도, 그래서 저희가 이런 옷을 입고 여기에 있는 거예요."

"그렇군요. 그래서 생활해보니까 어때요? 케이크 필요한 거 말고? 당연히 동네 사람들도 고고학자들이 왔다는 얘기를 들어서 다들 알고 있답니다. 무척 궁금해해요."

"글쎄요, 다 괜찮아요. 좋아요, 많이 배우고 있고. 물론, 저는 학생은 아니니까 꼭 뭘 배워야 하는 건 아니지만, 다른 친구들은 많이 배우고 있어요. 그러니까, 제 친구가⋯." 나는 손으로 '촐리' 케이크를 연구하고 있던 몰리를 가리켰다. 남부에는 촐리 케이크가 없는 모양이었다.

"훨씬 힘들지 않나요?" 그녀가 물었다. "땅이란 땅은 다 경작지가 됐는데 거기에서 음식 재료를 찾는다는 게. 옛날에는 야생 식물하고 동물이 더 많았으니까 지금보다 더 쉽지 않았을까요? 뭐라더라, 학자들이 쓰는 어려운 말이 있던데."

몰리가 고개를 들고 답했다. "생물다양성. 음, 아마도 그랬겠죠. 게다가 옛날 사람들은 전문가였지, 어떤 식물에 독이 들어 있는지 알려주겠답시고 한 톨도 소용없는 흑백 사진이 들어간 책을 들고 돌아다니진 않았을 거예요."

"동네 주민 중에서 독초를 구별할 수 있는 사람들이 있긴 있어요." 그녀가 이야기했다. "제 이모 이디스도 그런 사람 중 한 분이었죠. 공무원이었는데 식물에 대해서 잘 알고 있었어요. 아무 농부 아저씨한테나 물어봐도 아마 잘 알 거고요."

몰리가 쇼핑 바구니를 냉동고에 올려둔 채로 가까이 다가왔다. 촐리 케이크는 아직 손에 들려 있었다.

"그러니까 그게 저희 교수님이 해박하게 알고 있는 사람들한테 물어보는 걸 책을 샅샅이 뒤지는 것보다 더 좋은 방법이라고 생각하지 않겠느냐, 라는 뜻으로 하신 말씀이라면," 몰리가 말했다. "네, 뭐. 무슨 말씀을 하시는지는 알겠어요. 그런데 이건 마치 길을 물어보는 거랑 비슷해요. 남자들이 자기가 모른다는 걸 인정하는 건 뭐 그럴 수도 있다고 칠게요. 하지만 내가 모르는 걸 다른 누군가는 알고 있다는 사실을 받아들이는 건요, 그건 너무 요원한 일이죠."

"몰리." 내가 말했다. "남자들이 전부 그렇지는 않아. 나한테 길 물어본 남자도 있었고. 너도 댄이 여자들에 대해서 이런 식으로 말하면 싫어하잖아."

"그 남자들이 너한테 길을 물어본 건 네가 위협적이지 않기 때문이야." 몰리가 말했다. "그리고 내가 장담하는데 너한테 길 묻기 전에 그 차 안에서는 이미 5막짜리 연극이 펼쳐졌을걸."

여자가 웃으며 말했다. "어쩌면 남자들은 그런 식으로 사회화가 되어버려서 본인들도 달리 어쩔 수 없는 건지도 몰라요. 가여운 녀석들. 그 드라마라는 것도 어쩌면 자기도 자신이 그렇게 행동하는 게 싫어서, 자신이 스스로의 불확실성을 인정해도 괜찮을 수 있기를 바라서 그러는 건지도 모르지요. 난 트루디예요. 트루디 켈리. 산파 일을 하고 있고, 이 동네에 살아요. 농장 바로 위에 있는 조그만 집. 여기 머무는 동안 뭐든 필요한 게 있으면, 식물에 대한 조언이나 차 한 잔, 아니면 따뜻한 물로 샤워하는 거라도, 뭐든 괜찮으니까 집으로 와요. 철기시대 음식 맛있게 먹고요."

우리는 길을 따라 걸었다. 코르네토 아이스크림을 먹는 몰리와 레모네이드 맛 막대 아이스크림을 우걱우걱 씹어 먹는 나. 내 막대 아이스크림은 이미 녹아내리기 시작해서 손가락이 끈적거렸다. 주전자에 물이 차오르듯 불안함이 차오르고 있었다. 아이스크림 뒷맛이 썼다. 나는 막대기로 목구멍을 찌르지 않고는 베어 물기가 어렵게 된 반쯤 남은 아이스크림을 아스팔트 길에 버렸다.

"몰리, 지금이라도 이거 다 가지고 도로에서 벗어나야 해. 빨리 울타리 너머로 들어가서 비닐봉지는 다른 데다 두자. 그리고 우리 이제 제대로 된 음식 재료 찾기 시작해야지. 야생에서 자라는 거. 다 찾으려면 한참 걸릴 거야."

"괜찮아. 진정해. 일단 이거 다 먹고 나서 찾아보자. 좋잖아, 먹고 나면 기운도 좀 날 거야. 그리고 정확히 몇 시까지 돌아가기로 약속한 것도 아니고. 해는 충분히 길어."

"다 알 거야. 우리가 쓸데없는 짓하고 돌아다닌 거 다 알 거야. 아까 그 여자가 말할 수도 있잖아. 몰리, 제발. 네가 산 건 다른 데다가 숨기고 오늘 해야 하는 거 하자."

"다 안다고?" 몰리가 아이스크림을 핥으며 말했다. "너희 아빠 말하는 거지? 실비, 아버지가 너한테 엄청 무섭게 구는구나."

"아니야. 진짜 아니야. 그냥 이제 야생 식물 찾으러 빨리 가자, 제발. 우리 엄청나게 혼날 거야." 숨이 차기 시작했다. 숨을 내뱉을 수는 있었는데 들이쉴 수 없었다. 마치 몸이 이미 가득 찬 것처럼. 마치 내 몸통에 더 이상 남는 공간이 없는 것처럼.

"야, 그래그래 알았어. 너 왜 그래? 네가 하자는 대로 할게. 너 괜찮은 거야? 자 봐, 나 지금 바구니에 비닐봉지 넣고 있어. 봐, 아무도 이게 야생 식물인지 아닌지 모르겠지. 이게 야생 귀리인지 훌라 홉스인지. 그리고 여기, 아이스크림은 다 먹었어. 진정해 실비, 아무 일도 없어.”

　상점에서 몰래 산 간식들은 숲 근처 울타리에 숨겨놓자고 한 내 의견에 몰리가 따라줬다. 우리는 나무들과 황야의 끝자락을 따라 걸었다. 우리는 신맛이 나긴 하지만 그래도 먹을 만한 자두(작고 노랗고 설익은 자두)로 뒤덮인 야생 자두나무를 발견했고, 뒤이어 우엉 한 무더기도 찾았다.

　“뿌리는 먹을 수 있다고 알고 있는데, 잎도 먹을 수 있는지는 잘 모르겠어.” 내가 말했다. “민들레나 우엉이나 다 끓여서 먹으면 되는 것 같긴 한데.”

　“뭘 끓여서 먹어?” 몰리가 물었다.

　“차.” 내가 대답했다. “너도 알잖아.” 하지만 몰리는 몰랐다.

　“그럼 이것도 북부지역에서만 먹는 건가 보다.”

　“그런가 봐.” 몰리의 말이었다. “어쨌든 우리는 모종삽도 없어.”

　“철기시대 사람들도 모종삽은 없었을 거야. 같이 어떻게든 해보자.” 그렇게 말하긴 했지만 역시 결국 어떻게든 해보는 건 나였고, 몰리는 내가 그러는 동안 수렵채집 가이드의 한 부분을 큰 소리로 읽어줬다.

　“여기 이렇게 쓰여 있어. 야생에서 구할 수 있는 모든 채소를 통틀어 가장 실용성 없는 것이 뿌리다. 구하기 고될 뿐만 아니라 찾아낸다고 해도 사실 불법인 경우가 다반사다.”

"우엉 요리하고 토끼고기 스튜 만들 수 있겠다." 내가 말했다. "그리고 마늘 잎을 좀 더 찾아야겠어. 그러고 보니 민들레 잎도 따면 좋긴 할 텐데, 네가 민들레 요리를 좋아할지 모르겠다. 수영이랑 같이 샐러드에 넣어서 먹으면 진짜 맛있어. 수영도 구할 수 있을는지 모르겠지만. 민들레는 어딜 가든 구할 수 있고."

"나도 네가 우엉 요리하고 토끼고기 스튜를 만들 수 있다는 건 알아." 몰리의 말이었다. "네가 그걸 그토록 프라이팬에 넣고 싶다는데 그걸 말릴 수 있는 인간도, 신도 없겠지. 다만 문제는⋯."

"그래, 뭐. 아버지하고 슬레이드 교수님이 원하는 게 바로 이런 거잖아, 안 그러니?" 몰리가 어깨를 으쓱해 보였다. "아마 그럴 테지."

납작한 돌로 땅을 파헤치며 계속 우엉을 찾았다. 손톱 밑으로 땅의 저항이 느껴졌다. 열기 속에서 물 먹은 흙의 냄새가 올라왔다. 무릎을 꿇고 앉아 있다가 쪼그려 앉아봤지만 어떻게 해도 다리 뒤쪽이 땅기는 건 마찬가지였다. 나는 나무 그늘에 자리를 잡아보려 애썼다. 머리 위로는 바람이 나뭇잎들을 헝클어뜨렸지만 내 뜨거운 얼굴에서는 거의 느껴지지 않았다. 지저귀는 새도, 종종걸음을 치는 동물도 없었다. 태양은 하늘 위에서 꼼짝도 하지 않는 것 같았다.

천천히, 뿌리를 꺼냈다. 땀이 쪼르륵 흘러내렸다. 우엉이 힘을 잃고 흔들리기 시작했고, 나는 내가 우엉을 죽이면서 토끼 내장을 제거할 때보다 더 큰 죄책감을 느끼고 있음을 깨달았다. 삶이란 전부 해를 끼치는 것이구나. 우리는 죽임으로써 사는구나. 마치 그 생각이 들기 전까지는 그렇지 않은 존재로 살았던 것처럼.

"몰리." 내가 물었다. "너는 슬레이드 교수님도 마뜩잖게 생각하고, 이게 전부 다 우스꽝스럽다고 생각한다면서 왜 온 거니?"

몰리는 자두를 한 입 베어 물더니 입술을 잔뜩 오므렸다.

"현장 학습이 강의의 일부야. 체험 고고학. 책과 이론만 파고드는 게 아니라 실제로 뭔가를 하면서 배운다는 점이 좋아서 수강했지. 그리고 박물관학 과목 듣는 데에 도움이 될 줄 알았어. 박물관학도 실제로 존재하는 것들에 대한 거니까."

우엉이 떨어졌다. 나는 우엉 뿌리를 찾기 시작했다.

"어쨌든 결국 오긴 온 거잖아. 그런데 넌, 글쎄, 넌 별로 열심히 하는 것 같지 않아. 아니야?"

"그건." 몰리가 답했다. "나도 같이하고 있어. 자두도 따고, 홍합도 구해오고, 너희 어머니가 냇가에서 튜닉 빨래하실 때 그것도 도왔고. 그냥 그런 생각이 많이 들어. 이 활동이라는 게 다 남자애들이 숲에서 노는 일에 지나지 않는구나. 너희 아버지하고 슬레이드 교수님 말이야. 넌 그렇게 생각 안 해봤어? 두 사람은 수렵채집하고 요리에는 관심도 없어. 그냥 잡아다 죽이는 거나 좋아하고 전쟁 이야기나 하려고 할 뿐이야. 내가 뭐하러 열심히 하겠니?"

그야 두 분은 남자이니까. 나는 생각했다. 그들이 대장이니까. 그들을 따르지 않는다면 대가가 따를 테니까. 몰리가 이 사실을 어떻게 모를 수 있는지 나는 이해할 수 없었다.

우리가 야영지에 도착했을 때, 그곳에는 엄마뿐이었다. 불은 계속 타고 있었다. 햇빛에 거의 보이지 않는 불길, 돌 위에 균형을 맞춰 올린 가마솥에서 올라오는 수증기. 엄마는 움막이 드리워주는 그늘에 앉아 벽에 기대어 있었다. 확실히 바빠 보이지는 않았다. 아마도 그런 것이 '앉아 있기'인 모양이었다.

"엄마, 이거 봐봐. 우리가 토끼 스튜에 넣을 우엉 캐왔어. 교수님이 좋아했던 마늘 잎도 더 따왔고. 자두도 많이 따왔는데 이건 설탕에 좀 절여야 할 것 같아. 아니면 말려서 단맛을 내든지."

"어, 그래. 몰리, 잘 다녀왔니? 잘했다, 실비. 아버지가 좋아하시겠어." 엄마는 엄마보다 나이가 훨씬 더 많은 사람들처럼 손으로 땅을 짚고 몸을 일으키기 시작했다. "토끼고기는 안처났다. 꽤 오래 걸릴 것 같아. 이 언덕에서 가장 어린 토끼들을 잡아온 건 아닌 것 같더구나. 우엉은 깨끗하게 손질만 하면 바로 넣을 수 있을 거고, 마늘 잎은 됐다가 이따가 넣어야 해. 어머, 너희 둘 배고프지 않니? 먹을 게 아무것도 없긴 한데."

"아니에요." 우리가 말했다. "저희 괜찮아요. 자두를 엄청 많이 먹었거든요. 다른 사람들 돌아올 때까지 기다릴 수 있어요."

"꽤 걸릴 텐데." 엄마가 경고하듯 말했다. 어차피 먹을 것도 없다고 방금 말해놓고는 그런 적 없다는 듯이. "그나저나 남자들은 오늘 같은 날에 저 높은 데를 올라갔으니 녹아내릴 지경일 거야."

"황야에 물가가 있어요." 내가 말했다. "물도 계속 솟고 있어서 아직 다 마르지 않았을 거야. 문제는 햇볕에 타는 거겠지만."

"뭐, 다 자란 어른 남자들이니까." 엄마의 말이었다. "이 우엉들 냇가에 가져가서 깨끗하게 씻어와줄 수 있겠니? 몰리야, 못 견딜 정도로 더우면 하지 말고, 그렇지 않으면 이 자두 좀 마르게 쫙 펼쳐놔줄 수 있을까? 자두 말리기에는 오늘 같은 날씨가 제격이라." 몰리는 설익은 자두를 손가락으로 집어 자신의 바구니에 넣다가 애벌레 한 마리를 골라냈다.

"곰팡이가 피는 건 아니겠죠?" 몰리가 물었다. "집에 있는 과일들은 꼭 절반쯤 곰팡이가 피어서요."

"잘 굴려주면 괜찮아." 내가 답했다. "잘 마르고 주름지기 시작하면 아래쪽에 곰팡이가 생기기 전에 뒤집어줘야 해. 우리가 잘 보고 있으면 되지.”

“그래.” 몰리의 말이었다. “어떻든 상관없어. 최소한 이건 토끼 내장 꺼내는 일은 아니니까.”

우엉을 들고 냇가로 내려가던 길에 나는 내가 짠 바구니의 손잡이에 손을 베었다. 그리하여 우엉의 무게는 고스란히 내 어깨에 지워지게 되었다. 철기시대에도 뒤로 메는 가방 같은 걸 만들었을 게 분명하다. 누가 이 무거운 걸 한 손으로 들고 싶어했을까. 그래도 아버지는 기뻐할 것이었다. 요리 재료가 풍성했다.

냇물은 며칠 전에 왔을 때보다 얕고 느렸지만, 병 속에 담긴 위스키 같은 색으로 냇가 돌들에 조곤조곤 말을 거는 것은 여전했다. 운에 맡기기로 했다. 나는 튜닉을 벗지는 않았지만 돌돌 말아 올린 다음 냇가에 있는 부드러운 돌 위에 조심스럽게 앉았고, 그렇게 앉아서 우엉 뿌리에 붙어 있는 흙을 손으로 문질러 떼어냈다. 차가운 물이 두 다리 언저리에서 하늘거리며 쓰라린 피부를 매만져주었다. 피가 물에 떠내려가듯 수치심이 떠내려가는 상상을 해본다. 잡초 섞인 물속에서 처음에는 선명하다가 연기처럼 자지러지고 희미해진 후 물에 녹아 사라지는. 비록 더 이상 눈에 보이지 않게 되어도 늘 그곳에 있을 거란 걸 알고는 있지만.

그들은 황야에서 뭘 하고 있을지 궁금했다. 남자들. 무엇을 찾았길래 헤더랑 벌레랑 함께 뙤약볕 아래에서 살이

타도록 머무르고 있는 건지. 그곳에는 나무들을 지나 비탈을 오르면, 멀지 않은 곳에 둥그스름한 작은 언덕이 있었다. 완만한 언덕 꼭대기, 맑은 날에는 수 마일 앞이 선명하게 보였던, 언제고 맑은 날이면 늘 그래왔을, 동쪽 산책로의 한 지점. 지도에서 보면 고딕체로 '선사시대 기념물'이라고 표시가 되어 있었는데, 영국 국립지도원은 그런 표시를 통해서 후대에 전해지지 못한 지도를 읽었던 이들의 자취에 경의를 표했다.

슬레이드 교수의 말에 따르면 그곳에 있는 커다란 돌 중 하나에 둥글게 파인 자국과 원형 자국이 새겨져 있었는데 이제는 아무도 볼 수 없게 되었다고 한다. 고향 동네 위쪽에 선사시대 선돌이 있고, 언덕 위에는 성채의 자취가 남아 있어서 아버지는 그 말에 상당히 매료되었다. 하지만 슬레이드 교수는, 내가 미루어 짐작한 바로는, 그런 방식으로 연구하는 고고학자가 아니었다. 그는 이미 아버지에게 그해 여름에는 무언가를 발굴할 만한 재정적 지원을 받지 못했고, 장비도 갖추지 못했다고 설명을 한 터였다.

"저희는 그런 이유로 이곳에 온 것이 아닙니다." 슬레이드 교수가 말했었다. "빌 씨의 참여를 결정하면서 그 점에 대해서는 확실히 말씀드렸던 것으로 압니다. 이 활동을 바탕으로 제가 논문을 쓸 수도 있겠습니다만, 가장 중요한 건 학생들의 교육입니다. 그저 사냥이나 하러 온 것은 아니죠."

"아, 예." 아버지가 말했다. "알죠, 충분히 알고 있습니다. 당연히 알지요."

우엉에는 찰진 흙이 진흙처럼 달라붙어 있어서 한 번 털어냈음에도 불구하고 손가락 끝으로 뿌리를 하나하나 긁어내야 했다. 나는 발을 구부려 발가락으로 돌보다 더 높이 자라고 있는 초록 수초를 건드려보았다. 끈적끈적하고 부드러운 느낌.

아빠는 그곳에서 시체를 찾아내고 싶을 테지. 나는 생각했다. 아버지는 무엇보다 엄마와 내가 겨울을 버틸 수 있도록 밖에 나가 토탄을 모아오는 사람이 되고 싶어하고, 오랜 시간의 정직한 노동이 주는 고통을 느끼면서도 다시금 삽에 몸을 기대 그것을 지렛대 삼아, 수천 년 동안 토탄 습지 속에서 단단하게 다져진 선사시대 나무들을 덮고 있던 흙덩어리를 들추어, 그 나무뿌리 사이, 징그러운 벌레들 사이로 인간의 얼굴을, 이천 년 전 친구를 발가벗겨 황야를 가로질러 데리고 가 그의 손과 발을 묶은 이웃들이 마지막으로 본 그 얼굴을 보는 사람이 되고 싶어하지.

깨끗하게 씻은 우엉 뿌리들을 포개어 다리 위에 올려두니 젖은 튜닉이 허벅지 사이로 무겁게 내려앉는 것이 느껴졌다. 나는 물속에서 손가락을 씻어내려고, 내 손가락의 지문에서 토양의 낟알들이 헐거워져 떨어져나가는 것을 보려고 몸을 숙였다. 같이 산책을 하고 있던 어느 겨울날 아빠는 말했었다. 만일 습지 미라에게 재갈을 물리고 그들의 눈을 가렸다면, 그건 희생자가 앞으로 다가올 일이 무엇인지 볼 수 없게 하기 위한 것이 아니었을 거라고. 어차피 그들은 앞으로 벌어질 일이 무엇인지 잘 알고 있었고, 그들이 얼마나 시끄러운 소리를 지르든지 문제가 될 건 없었다고.

"아니고말고. 눈을 가리고 재갈을 물렸던 건 살인을 담당한 사람들을 피해자의 마지막 모습으로부터, 그들의 저주로부터 보호하기 위해서였을 거야. 말이 되지, 안 그러니?" 아버지가 말했다. "그 시대 사람들이 악담, 저주, 또 뭐가 있을까. 뭐 이런 것들을 믿었다고 한다면 말이야. 희생자들의 마지막 말이라면 그게 뭐든 듣고 싶지 않았을 거다. 뭐랄까, 그게 귀에 담기는 게 싫었을 거라는 말이지."

"하지만 살해당하는 건 희생자들도 동의한 일이 아니었나요?" 내가 말했다. "저는 그게 핵심이라고 생각했어요. 마지막 식사, 아니 어쩌면 몇 달 동안 호화로운 생활을 하고 나서 고통을 겪은 거예요." 아버지는 어깨를 으쓱해 보였다. 여느 때처럼 우리는 일요일 점심 식사를 마친 후 언덕 꼭대기까지 올라갔고, 산책로를 따라 다시 동네로 돌아오고 있었다. 그때 막 설선雪線을 지난 참이었다. 아버지와 내 뒤로 빛을 반사하는 황야보다 하늘이 더 어둡게 내려앉아 있었다.

"아마 사실을 아는 사람은 없을 거야." 아버지가 말했다. "이 사람은 이렇게 이야기하고 저 사람은 저렇게 이야기하니까. 저항의 흔적이 발견되는 경우는 드물지만, 그들이 먹었던 약이 발견되기도 하지. 그리고 네가 생각한 것과는 좀 다를 텐데, 그들이 묶였던 방식을 보면 어떤 식으로든 격렬하게 싸울 수 있는 조건이 아니었단다.”

“뭔가 새로운 게 밝혀졌나요?” 내가 물었다. “아버지의 교수 친구 중에서 누가 뭘 보냈나요?” 당시에 아버지는 다년간에 걸쳐 몇몇 고고학자들과 정보를 교환하는 관계를 구축해놓았었다. “몇몇 있었지.” 아버지가 말했다. 그 고고학자들은 11세 중등학교 진학 시험을 통과해 성공 가도를 걷는 사람들이었는데, 그들은 아버지가 궁금해하는 것에 대한 답을 주고 논문의 인쇄본을 보내주고는, 야생에서 살아남는 법, 수렵채집, 그리고 숲속에서 야영하는 법에 대해 아버지가 스스로 깨친 전문 지식을 맞교환하고 있었다.

대학교 도장이 찍혀 있는 두꺼운 우편물이 툭 소리를 내며 우편함에 도착하는 날에는, 우리, 그러니까 엄마와 나는 최대한 몸을 사려야 한다는 것을 배워 알고 있었다. 대개는 화기애애한 저녁을 의미했다. 가스난로가 타면서 내는 바람 소리와 아버지가 자신의 새로운 보물을 읽고 또 읽는 동안, 우리에게 영국 선사시대에 대한 새로운 사실을 알려주는 동안, 책장이 사각대는 소리만 들려오는 침묵. 그러나 어떤 날엔 무엇 때문인지 화를 내기도 했는데, 그건 아마도 아버지가 좋아하는 장소들을 걷는 대가로 누군가는 돈을 받는다는 게 떠올랐거나, 그렇게 써낸 생각들이라는 게 아버지도 생각할 수 있음 직한 것일 때였지 싶다. 그런 날에는 꼭 차가 식었거나 음식이 너무 짰고, 아버지가 지난주에 무척 맛있게 먹은 음식도 이번 주엔 참을 수 없이 싫어할 수 있다는 것을 엄마가 기억해야 했는데 하지 못했으며, 그것도 아니라면 종일 집에서 하는 일도 없이 놀기만 하는 엄마에게 아빠는 최소한 청소 정도는 하기를 바란다는 것을 엄마가 잊었다. 또 그런 날에는 내가 말대꾸를 하거나, 당신들은 좋은 부모가 아니라는 걸 암시하는 행동을 했거나, 아버지 돈으로 산 것, 그러니까 음식이나 물, 혹은 전기 같은 것들을 낭비했다. 그렇게 상황이 더 나빠졌다.

"네 아버지도 딱해." 이건 나중에 엄마가 해준 말이었다. "아버지는 늘 화가 나 있었어. 종일 우리를 책임지느라 붙박여 있으니 당연히 화가 나지. 밖에서 자유롭게 살고 싶은 그런 사람인데 그렇게 살 수가 없잖니. 딱한 일이야."

숲속에서 잔가지들이 밟히는 소리가 들려왔다. 나는 황급히 자리에서 일어나 튜닉을 잡아당겼고 수초에 발이 미끄러졌다. 풍덩. 넘어지는 바람에 깨끗하게 씻은 우엉들을 다시 냇가에 빠뜨리고 말았다. 무릎이 아팠다. 천천히 일어났다. 튜닉은 허리 아래로 다 젖었고, 다리에서는 피가 선명하게 흐르고 있었다. 너무 놀라서, 그리고 수치스러워서 울고 싶었다. 나는 우엉들을 건져내기 시작했다.

"어이." 몰리였다. "우린 네가 물에 빠져 죽었나 했다. 너

희 어머니가 그랬어. '우엉은 언능 불에 지져야 안 한다니.'
안 그러면 설익은 사과처럼 딱딱해진다고, 학생들 곧 온다
고."

"너 그렇게 말하지 마." 내가 말했다. "그런 식으로 우리
엄마 비웃지 말라고. 여기 사람들 원래 그렇게 말해."

몰리는 둑으로 와서 내 옆에 나란히 앉고는 신발을 벗어
물에 발을 담갔다. 나는 다른 곳으로 눈을 돌렸다.

"그런 뜻 아니야. 미안해, 비웃은 건 아니었어. 나는 그
냥 어머니가 하신 말들이 좋아서. 지금까지 한 번도 들어
본 적이 없거든. TV에서나 몇 번 봤지."

"그래. 근데 너희처럼 말하지 않는다고 .해서 우리가 멍
청한 건 아니야."

"나도 알지." 몰리의 말이었다. "실비, 내가 미안해. 어머
니 흉내 내는 건 하지 말았어야 했던 것 같아. 근데 난 정
말 그 억양이 좋아서 그래."

"그리고 넌 그거 제대로 흉내 내지도 못했어." 내가 말했
다. "그러니까 하지 마."

몰리가 내 어깨에 손을 댔고, 나는 움찔했다.

"미안해." 몰리가 다시 말했다. "진짜야, 실비. 맘 상하지
않았으면 좋겠어."

"맘 안 상해." 내가 말했다. "그냥 사람들 억양 가지고 놀
리지 좀 마. 내 기준에는 네 억양도 이상하지 않겠어? 잘난
체하는 말투. '근데 난 정말 그 억양이 좋아서 그래.'" 나는

몰리가 한 말을 그대로 흉내 냈다. 잔뜩 격양된 목소리로. 또박또박. "그래 봐야 다른 나라도 아니잖아. 영국 북쪽. 네가 사는 데서 그렇게 멀지도 않아. 그리고 그런 말을 하기에는 영국이 그렇게 큰 나라도 아니지 않니? 너 실제로 버밍엄보다 더 먼 북쪽에 가본 적 있어?"

"아니, 버밍엄 근처도 가본 적 없지 뭐. 그래도 지금은 여기에 있잖아. 그리고 나 여기 좋아해. 황야도, 해변도. 엄마하고 여기 꼭 오고 싶어. 엄마도 여기 좋아할 거야."

"그래. 어머니한테 말씀드려. 이쪽 지방 사람들은 종잡을 수 없는 성격이라 장난으로 억양 좀 따라 한 것도 친절하게 못 받아들인다고."

사실 나도 버밍엄만큼 먼 남부에는 가본 적이 없었지만, 딱히 그 이야기를 해야 할 필요성을 느끼지 못했다. 아버지가 말했었다. "자동차하고 발 디딜 틈 없이 많은 사람뿐이야. 남부에는 죄다 새로 지은 것밖에 없어. 그런 데를 갈 이유가 없지."

"그럼 이제 용서해주는 거야?" 몰리가 물었고, 내가 기억하는 한, 그때까지 단 한 번도 그 누구로부터도 그런 질문을 받아본 적이 없었던 나는, 장밋빛과 금빛만 가득한 몰리를 바라보았다. 어디선가 풍기는 좋은 비누 향을 맡으며 내가 말했다.

"그럼, 당연하지. 내가 너한테 왜 화를 내. 괜찮아."

남자들은 늦게 돌아왔고, 화가 난 듯 조금 흥분해 있었다. 남자들의 발소리가 들리기 전에 숲을 뚫고 온 그들의 목소리가 먼저 들려왔다.

"끔찍해, 정말." 몰리였다. "여자들은 늘 이렇게 남자들이 오는 소리를 두 마일 밖에서부터 듣고 살아온 걸까? 무슨 축구 경기 같지 않아? 털북숭이 메머드가 이겼는지 인간이 이겼는지 숲속에서부터 외쳐대는 통에 다 알 수 있었겠어."

나는 몰리가 그런 식으로 말하는 게 싫었다. 나는 계속 믿고 싶었다. 남자들도 사람이라고. 세상에는 사실 두 종류의 인간이 있는 것이 아니라고.

"여자들도 흥분할 때 있잖아." 내가 말했다. "여자들도 삼삼오오 목청껏 수다 떨잖아. 기차에서도 가끔 여자들 웃는 소리 들리고. 엄마, 남자들은 정말로 종일 언덕에 올라가 있었던 거예요? 밥도 안 먹고?"

숨이 죽어가는 불에서 멀찌감치 떨어져 우리와 함께 나무 아래 앉아 있던 엄마는 땅에 손과 무릎을 대고 밀어내면서 일어나려 하고 있었다. 아버지 말이 맞다. 엄마는 확실히 운동을 좀 하긴 해야 한다. 수영장에 다시 다니거나 체조 교실에 다니거나. 엄마가 뭘 한다 한들 아버지는 탐탁지 않게 생각했겠지만.

"있는 재료 다 넣어서 스튜를 끓인 게 다행이구나. 지금쯤 다 녹초가 됐을 거야." 엄마가 가마솥을 휘젓자 놀랍도록 맛있는 냄새가 여름 오후의 공기를 타고 퍼졌다. "실비, 채소 좀 가져다 다오. 사내들이 씻고 자리에 앉을 시간에 딱 맞춰서 요리를 준비해놔야 해."

알고 보니 피터가 황야에서 넘어졌다고 했다. 요즘 같은 계절이면 대개 말랐기 마련인 습지 중 하나를 건너고 있었는데, 피터가 잔디인 줄 알고 밟은 것이 진흙탕이어서 그만 순식간에 빨려 들어가고 말았다는 것이었다.

"듣는 거야 재미있겠지만 실제로는 전혀 그렇지 않아." 여전히 굳은 진흙을 뒤집어쓰고 있던 피터가 말했다. "진짜 쫙 빨려 들어간다니까."

"그래, 그게 그렇지." 아버지가 말했다. "실비도 몇 년 전에 빠진 적이 있어, 안 그러냐. 그때 실비는 다친 데 없이 잘 빼냈는데 실비 부츠는 습지가 가져가버렸지. 기억나니?"

기억하고 있었다. 눈과 얼음이 이제 막 녹아내린, 춥고 축축한 어느 봄날. 심지어 헤더를 밟고 있었기 때문에 더 묘연했던 발아래 땅의 느낌. 그때 우리는 개 산책 도우미들이 다니는 길 초입을 따라 조심조심 걸어야 했고, 언덕 위에는 겨울의 어두운 색채 속에 회색 하늘이 땅에 무겁게 내려앉아 있었다.

우린 확실히 서두르지는 않았다. 다만 그때는 아직 해가 짧을 때라 오후가 거의 다 끝나가고 있었고, 진흙 때문에 가는 발걸음은 느려졌고, 되돌아가는 것도 좋을 것이 없었다. 위쪽, 언덕 위에 있는 성채로부터 뻗어나가는 두 개의 산마루가 있고, 거기에 습지를 똑바로 가로지르는 길이 있는데, 이 길은 여름에는 괜찮지만, 눈에 들러붙은 죽은 갈대들의 꽃차례만이 발을 어디에 짚으면 좋을지 말해주는 겨울에는 종잡을 수 없이 위험하다. 그래도 대개는 엉덩이 중간 즈음이 살짝 아프고 만다. 이런 길에서는 앞서 지나간 사람의 발자국이 있는지 잘 살피면서 잔디가 올라온 부분으로만 잘 딛되 발을 바로 내딛지 말고 한 발로 균형을 잘 잡은 후 다른 발로 땅을 살짝 짚어보아야 한다.

나는 조심성이 모자랐는지 미끄러졌고, 앞뒤로 휘청거리다가, '살면서 어쩔 수 없는 순간의 하나'로 알려진 것답게, 넘어졌다. 차가운 물이 나를 휘감았고, 땅이 잡아당기고 빨아들였다. 모래 늪과는 달라서 계속 빨려 들어가지는 않았지만 그렇다고 일어설 수 있는 것도 아니었고, 본능적으로 발버둥 친 것이 상황을 더 악화시켰다.

"지금 움직이면 안 돼." 아버지가 말했었다. "꺼내줄 테니까 조바심내지 마. 비틀거나 꼼지락대면 안 돼. 일단 거기 그렇게 있어. 그래도 괜찮아. 이건 그냥 물이야. 더 가라앉지도 않을 거고, 다칠 것도 없어."

그러고 나서 아버지는 무거운 돌을 힘겹게 들어올렸고, 오래된 나무에서 하얗게 변한 나뭇가지를 구해와서는 그 둘 위에서 중심을 잡고 습지 쪽으로 무릎을 꿇은 뒤 내 허리춤을 잡았다. 그때 나는 앉아 있었고 허리까지 빠진 것도 아니었는데 내 힘으로는 빠져나올 수가 없었다. 아버지가 나를 꺼내기까지도 오랜 시간이 걸렸다. 아팠다.

진흙은 사람을 틀어막는다. 당연히 살결 안쪽 깊숙한 곳으로 들어가겠지. 그게 아니더라도 하다못해 당신의 귓바퀴를 따라 천천히 스며 들어가고, 흘러 들어가고, 마치 바닷물이 차오르듯 당신의 양쪽 폐를 채우고, 살금살금 차갑게 당신의 질을 따라 들어가서, 구멍이란 구멍에는 다 들어가 내피를 메우고, 그렇게 당신의 안과 밖을 미라로 만들 것이다. 습지에 남겨두고 왔다는 내 부츠는 내가 발목을 단단하게 줄로 묶어놔서 그 줄을 풀지 않으면 절대 벗을 수 없었는데 내가 발버둥 치는 동안 나도 모르는 사이에 진흙이 어떻게 잘 알아서 푼 것 같았다.

아버지는 내가 헤더 위에 발을 딛고 다시 설 때까지 붙잡아줬고, 내가 청바지를 벗고 아버지가 배낭에 챙겨온 방수 바지로 갈아입는 동안에는 다른 곳을 보고 서 있었으며, 보온병에 남은 마지막 차 한 잔을 마시게 했다. "남은 한쪽 신발도 벗는 게 나을 거야. 다른 쪽 발이 어디로 갈지 이쪽 발이 모르면 힘들지. 이제 돌아가도록 하자. 네가 계속 황야에 있으면 안 될 것 같구나." 아버지는 내 손을 잡고 내려가는 길 거의 내내, 가시덤불이 있을 때마다, 심지어 소똥이 있을 때도 조심하라고 일러주곤 했다.

8월이면 연중 가장 건조할 때니까 피터가 빠진 진흙은 내가 빠졌던 진흙보다 얕았을 것이다. 하지만 그렇다고 해도 피터를 꺼내기까지는 상당한 시간이 걸렸고 다들 무척 지저분해졌다.

"그리고 우리가 뭘 좀 찾아냈어." 아버지였다. 기다리는 우리를 두고 잠시 생각하더니 이렇게 말했다. "뭐, 어쨌든. 그것 덕분에 좋은 생각도 떠올랐지. 우리가 시도해볼 만한 거." 아버지와 슬레이드 교수가 눈빛을 교환했다.

"피터 군, 입고 있는 그 셔츠." 엄마가 말했다. "그 튜닉. 셔츠든 튜닉이든 어떻게 부르든지 간에, 이리 줘봐요. 다시 세탁해줄게요. 아침까지 마를 거라고 장담하긴 어렵겠지만."

피터는 그 자리에 서 있었다. 당연히 물은 이제 다 말랐지만 거친 옷감은 우글쭈글해졌고 고대 식물의 파편으로 뻣뻣해져 있었으며 물이 갈색으로 얼룩져 핏자국처럼 남아 있었다. 그리고 손톱 아래에는 흙이 딱딱하게 굳어 있었다. 나는 생각했다. 방어흔이다.

"네." 피터가 대답했다. "감사합니다, 앨리슨 아주머니. 정말 괜찮으시면 그렇게 해주세요."

"피터." 몰리였다.

"뭐."

"당연히 안 괜찮지. 아주머니는 괜찮다고 하시더라도 너는 그러면 안 되지. 네 옷 네가 빨아 입는 건데 다른 여자 손이 왜 필요해? 네가 해."

"오," 엄마가 말했다. "나는 괜찮아요. 뭐 크게 손이 가는 일도 아니고, 다림질하거나 그런 것도 아니니까.”

댄은 마치 눈으로 공을 쫓듯 엄마를 보다가 몰리를 봤다.

“아니에요, 아주머니. 그러지 마세요. 피터 혼자서 충분히 할 수 있어요.” 몰리가 말했다. 아버지가 눈을 치떴다.

“앨리슨, 튜닉은 자네가 빨도록 해. 내가 카우 파슬리를 좀 줄 테니까 그걸로 문지르면 돼. 일단 식사부터 내오고. 다들 배고파 죽을 지경이야.”

엄마가 상을 차리기 시작했다. 이 섬나라에서 식사용 포크를 쓰기 시작한 건 불과 500년 정도밖에 되지 않은 일이다. 하지만 철기시대 사람들이 스튜를 먹을 때 손가락 대신에 평평한 나무 수저를 사용하지 않았다는 우리의 상상을 확증할 만한 타당한 이유가 없다는 것을, 아버지까지는 아니더라도 슬레이드 교수에게는 설득시켰었다. 슬레이드 교수는 고증에 따른 방식 그대로 식사를 하기에는 머릿수가 너무 많아서 가마솥 주위에 둘러앉기 어려울 거라는 점에 뜻을 같이했고, 개인용 그릇을 쓸 수 있게 해줬다.

“실비, 앉아라.” 아버지가 말했다. 나는 숨을 크게 들이쉬고 늘 앉던 돌 위에 앉았고, 그러는 동안 나를 처다보는 아버지의 눈빛을 되받아쳤다. 아팠다. 아버지가 웃는 게 보였다. 몰리는 그런 우리를 보고 있었다.

“그래서 찾으셨다는 게 뭐예요?” 내가 물었다. “뭔가 특별한 거였나 봐요?”

“아, 그거.” 슬레이드 교수가 답했다. “그렇게 재미날 건 없는 거야. 빅토리아 시대보다 더 오래됐을 것 같지는 않고, 그래도 그걸 보니까 아이디어가 하나둘 떠올랐던 것 같아. 그렇지 않나요, 빌 씨?"

"아, 네." 아버지의 말이었다. "그런 것 같네요."

"오래된 부츠 한 짝." 댄이 답했다. "실비, 확실히 습지에 신발을 빠뜨리고 간 사람은 네가 처음이 아니었던 모양이야. 여자애의 신발이었어."

"얼마나 오래된 신발이었는데?" 몰리가 물었다. "나도 보고 싶어."

"19세기. 내 생각엔 그렇단다." 슬레이드 교수가 답했다. "자, 나중에. 일단 밥부터 먹자. 위에서 일하느라 아주 배가 고팠거든."

나는 생각했다. 이건 '놀이'지 '일'이 아니야. 내 아버지가 올해 쓸 수 있는 휴가를 전부 쏟으면서 지금 하는 그것.

"몰리, 네가 좋아할 거야, 그 부츠." 피터가 말했다. "작은 단추들이 밑에서부터 위쪽 끝까지 쭉 달렸어."

"힐 얘기도 해야지." 아버지가 말했다. "황야든 어디든 그런 걸 신고 가다니 세상 바보 같은 짓이야. 당할 만한 일을 당한 게지, 고것."

그 소녀. 나는 생각했다. 단추 고리를 가지고 있고, 예쁜 부츠를 신었던 그 빅토리아 시대의 소녀는 지금 어디에 있을까. 그녀는 그저 신발 한 짝만 잃어버리면 되었을까, 아니면 그녀 자신도 아직 그 안에 있을까. 물기 탓에 그녀의 감아올린 머리가 빨갛게 되지는 않았을까. 그녀의 손가락에 새겨진 소용돌이무늬와 다리에 난 솜털이 딱딱해지고 우리 모두보다 더 오래 존재하게 되는 동안, 뜨개질로 만든 숄과 끝자락에 레이스가 장식된 페티코트가 오래전에 습지에 분해되어버리지는 않았을까. 그녀는 토탄 속에서 폐에 검은 물이 찬 채로 웅크리고 있을까. 흙이 그녀의 입을 막아버렸을까. 두 손은 마지막 몸부림에 높이 뻗어 있을까, 아니면 패배를 받아들여 오므려져 있을까.

나는 다리 관절의 일부인 것 같은 연골 껍질을 손바닥에 뱉었다.

"아빠랑 나는 동네에 있는 황야 꼭대기에서 재를 발견하곤 해." 내가 말했다. "사람들이 그러는데 자기들은 그런 데서 사방으로 흩어지고 싶대. 흩어지면 마치 완전히 사라질 수 있기라도 한 것처럼 말이야. 그때 아빠랑 앉아서 샌드위치를 먹고 있었거든. 그러다가 알게 됐어. 누군가의 할머니 한복판에 우리가 앉아 있는 거 있지. 당연한 거야. 그런 사람들은 늘 누군가가 잠시 앉아서 점심 먹기 딱 좋은 자리, 풍경 좋은 산마루 꼭대기 어디쯤을 선택하니까."

학생들이 나를 쳐다봤다. 아버지는 미소 짓고 있었다.

"왜." 내가 말했다. "왜, 뭐가?"

"아무것도 아니야. 신경 쓰지 마." 몰리가 말했다.

"어쨌든 내 차례가 되면 말이야, 이 아가씨 말이 맞아." 아버지가 말했다. "나는 네가 내 뼛가루를 어디다 내던지든 아무 상관 안 한다만, 부디 습지는 더럽히지 말아라. 알겠니, 실비?"

"네, 알겠어요." 숲에 캠핑용 삽으로 구멍을 파고, 다 파면 거기에 넣어주겠어.

"음, 슬레이…. 짐 교수님." 내가 말했다. "괜찮다면 저도 그 부츠 보고 싶어요."

"당연하지. 내일 아침에 시내로 가지고 갈 거야. 일단 경찰 쪽에서 필요로 하는지 보고, 아니라고 하면 부서로 보낼 거다. 그럼 최소한 얼마나 오래된 부츠인지는 정확하게 알아낼 수 있지. 어차피 뭐 좀 가지러 사무실에 가야 하거든. 특수 프로젝트가 있어서." 슬레이드 교수가 작은 뼈를 뱉었다. "그나저나 앨리슨 씨, 스튜가 정말 맛있네요. 고맙습니다. 그리고 이 덩이줄기는 뭐죠?"

"덩이줄기가 아니고 뿌리예요." 내가 답했다. "우엉 뿌리. 몰리하고 저하고 같이 찾았어요. 더 드시고 싶으면 말씀하세요. 더 있어요."

"그럼 그렇게 해주겠니? 전엔 안 그랬는데 오늘 먹으니까 참 맛있구나."

몰리는 고기는 두고 채소와 뿌리만 골라 먹고 있었다. 몰리가 물었다. "만약 여러분이 아주 무서운 상황에 부닥쳤거나, 혹은 무언가를 정말 절실하게 원한다면 여러분은 습지에 뭘 바칠 거예요? 현대인들은 어떤 걸 바칠까요?" 엄마는 늘 그렇듯 오가는 대화 중에 자신에게 하는 말은 아무엇도 없다고 생각하며 듣는 둥 마는 둥 계속 밥을 먹었지만 다른 사람들은 전부 동작을 멈추고 얼굴을 찡그렸다. 그 표정은 남자들이 특별히 세공한 칼, 그들이 가진 것 중에서 가장 아름다운 부적을 자기 손으로 부러뜨려 미동 없는 진흙과 수풀 섞인 물에 넣을 때의 표정과 틀림없이 똑같은 표정이었을 것이다. 몰리가 습지에 대해 던진 질문과 매우 유사하게 덴마크에서는 사람 머리카락 땋은 것이 발견되었다. 왜냐하면, 가장 지키고 싶은 것을 주는 거니까.

"자기가 가져다 바친 물건을 볼 수 있었을 거야." 아버지가 내게 말한 적이 있었다. "몇 달, 어쩌면 몇 년 동안도 볼 수 있었을 거야. 웅덩이하고 습지 너머로 통로와 사람들이 서 있을 수 있는 판을 특별히 설치해놨어. 아마 그 살해된 물건들을 가서 보기 위한 목적도 일부 있었을 테지. 이 책은 사람들도 마찬가지였을 거라는 듯이 말한단다. 꼭 목숨을 다 끊어놓은 후에 습지에 넣었으리란 법이 없어서 죽었지만 여전히 현재인 채로 습지에 뉘어 있었을 거라는 거야. 완전히 죽은 건 아닌 채로 말이다. 얼굴은 투명한 물에 흔들리듯 비치고, 입과 피부와 머리카락은 죽음이 일보 후퇴한 순간에 포획된 그대로 남아 있었지. 나머지 공동체 구성원들을 위해선 시간이 계속 흘러가줬을 텐데 말이야."

솔직히 말해서 내 대답은 아직도 부엉이였을 테지만, 그것은 열일곱 살이었던 내가 나이에 맞지 않게 그때까지도 봉제 인형에 대한 애착을 버리지 못했었기 때문이 아니라,

나하고 정이 든 물건이 달리 없기 때문이었다. 왜냐하면 내가 원했던 것 중에 내가 갖게 된 건 거의 없었으니까.

댄은 고개를 저었다. "모르겠어. 어쩌면, 내 기타."

"네 기타 실력 형편없잖아." 피터가 말했다.

"그렇지, 그래도 가지고 있으면 좀 늘긴 하겠지, 안 그래? 어쨌든 진짜 좋은 생일 선물이었단 말이야. 너는 어때?" 피터는 어깨를 으쓱해 보였지만 뭔가 있다는 걸 알 수 있었다. 너무 소중해서 혹여 다칠까 봐 말로 뱉기 싫은 무언가.

"난 내 아버지의 그림들." 슬레이드 교수가 말했다. "우리 아이들의 어린 시절 사진. 내가 태어나기 전 부모님의 젊었을 적 사진."

"맞아요. 조상, 후손, 그리고 내가 속한 부족의 육체들." 몰리가 말했다.

"그래." 교수의 말이었다. "어쩌면 그런 거겠지."

나는 아버지의 눈길이 나에게 닿는 것을 느꼈고, 그가 무엇을 생각하는지 몸의 떨림으로 알았다. 내 딸. 완전히 망가뜨려서 늪지에 바쳐야지. 도망가기 전에 잡을 거야.

그들, 그 습지 미라들은 죽지 않았다. 그들을 죽인 사람들에게 그들은 죽은 것이 아니었다. 그들이 돌아오는 걸 막기 위해, 죽은 몸으로 슬금슬금 집에 기어오는 것을 막기 위해, 그들의 팔꿈치와 무릎을 날카로운 막대기로 뚫어 그들을 무덤에 고정했고, 나무로 짠 말뚝에 묶었으며, 어두울 때에는 죽이지 않았다. 등 뒤 덤불에서 새가 지저귀었다. 나는 자리에서 일어났다.

"물 더 마시고 싶은 사람 있나요? 언덕에 가 있는 동안 목이 탔을 텐데."

다음 날 아침 일어났을 때, 슬레이드 교수가 어딘가로 가고 없었다. 그는 몰리와 내가 아직도 지난밤에 먹은 스튜 냄새가 올라오는 나무 그릇에 담긴 호밀 오트밀을 깨작거리고 있을 때 휘파람을 불며 돌아왔다. 청바지와 다림질한 체크 셔츠를 입고 있었고 가죽 위빙 벨트를 차고 있었는데 머리도 자른 듯했다. 말끔하네, 나는 생각했다. 저 정도면 거의 멋 부린 거지. 그러고는 궁금해졌다. 슬레이드 교수도 저 섬세한 벨트를 딸들에게 사용할까? 샬럿과 루시에게? 그들이 슬레이드 교수를 화나게 한다면?

"호텔에 가서 아침으로 베이컨 앤드 에그를 먹고 온 거야. 틀림없어." 몰리가 중얼거렸다. "오랫동안 뜨거운 물에 샤워하고, 앉아서 커피 마시면서 신문까지 보고 왔을 거야, 분명히."

"글쎄, 손으로 짠 튜닉을 입고 경찰서에 가기도 좀 그렇잖아. 어떻게 그래. 그리고 교수님은 아침에 토끼 우엉 스튜 안 먹는다고 했었고. 어쨌든 우리도 어제 아이스크림까지 먹고 이것저것 한아름 샀잖아. 다 잊었어?" 내가 말했다.

"나는 아직 샤워를 못 했다고. 며칠 동안이나."

체험 고고학 수업인데. 대체 몰리는 뭘 기대했던 걸까? 나는 궁금해졌다.

"나는 이 수업 들을 생각 없었어. 그리고 나는 숲에 가서 볼일 봐야 하는 줄도 몰랐고. 그저 제대로 우려낸 차를 마시기 어려운, 그냥 그런 휴가인 줄 알았다고."

"다 처리하고 왔단다." 교수가 말했다. "그리고 빌 씨, 전에 같이 얘기했던 거 있잖아요. 필요한 물품 다 구했어요. 이따 보여줄게요."

엄마는 또 캠프에 머물렀다. "같이 가실래요? 그냥 산책하는 거예요." 몰리가 물었지만 엄마는 거절했다. 할 일이 있다고 했다. 무슨 할 일이 있다는 건지 내 눈에는 전혀 보이지 않았지만. 우리 버전의 철기시대 생활에는 집안일 거리가 별로 없었고, 우리가 돌아올 때까지 요리해야 할 것도 별로 없었다. 엄마는 그냥 두자. 나는 생각했다. 어른인걸, 안 그래? 우리랑 같이 가도 되고, 아니면 혼자서 해변에 가든지 스파에 가든지, 심지어 버스를 타고 모베리에 가도 되는걸. 엄마가 그러고 싶어한다면 말이야.

그날은 파란 하늘을 메운 하얀 구름의 언덕들 때문에 날이 더 시원했고, 댄과 몰리와 나는 힘차게 출발했다. 피터는 아버지, 그리고 슬레이드 교수와 함께 지역 동물들을 상대로 폭력적인 임무를 수행하러 갔지만, 그것이 토끼고기 스튜가 마뜩잖았다는 뜻은 아니었다.

우리는 우엉을 더 파냈고, 그 후에 빌베리를 따려고 황야 쪽으로 올라갔는데, 그건 마치 시내 저편에 있는 우체국에 가야 하는데 가기 전에 감자 열 파운드를 사버린 것처럼 자명하게 잘못된 순서였다.

"이거 그냥 울타리 밑에 두자. 돌아오는 길에 들러서 가져가면 되잖아. 사방에 공짜로 가져갈 수 있는 게 이렇게 많은데 굳이 우리가 캐낸 우엉 뿌리를 훔쳐갈 이유도 없고." 내가 말했다.

"나도 그래서 저런 은닉처들이 있는 거라고 생각해." 댄의 말이었다. "저 작은 돌무더기들, 우체국 다녀오는 내내 감자를 놔둘 만큼 오랫동안 숨길 만한 곳은 아닌 것 같지만."

그러나 돌아올 때 어느 길로 내려오게 될지 알 수 없고, 어디에서 빌베리를 찾을 수 있을지, 선사시대 석관이 없으니 어느 울타리 밑에 우엉을 뒀는지 과연 기억할 수 있을지 알 수 없어서 결국, 우엉도 우리와 함께 갔다. 덕분에 팔이 잔뜩 무거웠다.

그날 우린 스파에 가지 않았는데, 스파에 가지 않았다는 것만 제외하면 그날은 꼭 전날의 반복 같다는 느낌이 들었다. 찾기와 모으기, 걷기와 쪼그려 앉기, 이야기하기와 흩어지기의 리듬. 나는 머릿속으로 생각할 필요 없이 내 손가락들이 다 익은 베리를 골라내는 법을 알고 있다는 걸,

의도적으로 들여다보며 찾지 않아도 이파리 밑에, 헤더 그림자 아래에 무엇이 있는지 알아채는 법을 익혔다는 걸 깨달았다. 나는 고대의 지식이 내 핏줄 어딘가에 흐른다는 생각에 푹 잠겼다. 나는 머지않아 누가 스페인 왕위 계승 전쟁에 참전했는지, 연립방정식 해법이 무엇인지를 잊어버려도 될 것이며, 그 대신 실 감는 법과 낟알 빻는 법, 시야에 닿지 않는 곳에서 무슨 일이 일어나고 있는지 알려줄 새의 비행과 식물의 성장을 읽는 법을 기억하게 될 거란 생각에서 한참을 헤어나지 않았다. 아버지가 가진 재주들: 고고학적 목적에 쓰일 용도가 아니라면 쓸모없는 것들.

우리가 돌아왔을 때 그들은 생존과 관련된 일 때문에 바쁜 것도 아니었고, 그렇다고 자연과 교감하고 있지도 않았다. 가마솥을 다시 설치하고 있는 건 엄마였고, 남자들은 불을 피우기에는 길이가 너무 긴 커다란 막대기들과 저 아래 들판에 있는 세 그루의 큰 나무 중 하나에서 가져온 것이 분명한 가느다란 버드나무 가지들을 가지고 놀고 있었다. 날이 뜨거울 때 양 떼들이 그 아래에서 쉬곤 하는 나무들이었다.

"맙소사, 스스로 레고가 되기로 작정한 모양이네, 안 그래? '카우보이와 인디언' 시리즈보다는 낫겠지 싶다." 몰리가 말했다.

"'동맹국과 독일놈들'." 내가 말했다. "내가 다니던 초등학교에서는 다들 이 버전으로 놀았어. 나는 가끔 궁금해.

70년대 후반에 영국에 살던 다섯 살짜리들은 하나같이 다들 독일에 폭탄을 던지면서 놀았던 거야? 혹시 다른 동네 아이들은 다른 놀잇거리를 찾았을까? 놀이터에서 남자애들이 팔을 양옆으로 펼치고 입으로는 폭탄 소리를 내면서 뛰어다니곤 했어."

"응, 맞아. 우리도 그랬어. 이상한 일이야. 그럼 미국 꼬맹이들의 놀이 대상은 베트남이었을까?"

"아니. 내가 알기로 미국에는 진짜 대포를 가지고 있는 애들이 많아서 그냥 자기네들끼리 쏘고 맞추고 한다던데. 어쨌든 저건 레고 놀이가 아닐 거야. 아마도 전쟁 게임 같은 거겠지. 철기시대의 카우보이와 인디언."

내 말은 지독하게도 딱 맞아떨어졌다.

"유령의 벽을 우리가 만들어볼 수 있을지 생각 중이란다." 무릎을 꿇고 앉은 슬레이드 교수가 말했다. "네 아버지께도 방금 말씀드렸다만, 유령의 벽은 지역 부족들이 로마제국을 상대로 한 최후의 방어수단이었어. 말뚝을 박아 울타리를 만들고 조상의 해골을 가져와서 울타리 꼭대기에 나란히 매달았지. 죽은 얼굴이 아래를 바라보도록 두고 말이야. 이게 그들에게는 가장 강력한 주술이었어."

"잠깐만요." 몰리의 말이었다. "조상의 해골이라고요?"

슬레이드 교수는 가지고 있던 버드나무 잔가지들을 내려 놓았다.

"너도 알잖니, 몰리. 지난 학기에 다 배웠어. 나는 이게 아주 의미 있는 경험이 될 거라고 생각해. 그걸 꼭 말해주고 싶구나.”

“3주 차에 했던 두 강의 말씀이시죠? 파편화된 신체와 머리를 이용하는 것? 기억해요.” 다른 사람이 하는 그 어떤 일보다도 훨씬 더 쓸모없어 보이는 모양새로 버드나무 잎을 꼬고 있던 피터가 말했다.

“맞아, 바로 그거였어.” 슬레이드 교수가 말했다. “어쨌거나 몰리, 몇몇 부족들은 부족 내 죽은 구성원들의 머리를 잘라 보존해뒀단다. 어떤 경우에는 몇백 년 동안 보존하기도 했지. 그러고는 그것들을 실내에 걸어뒀어. 장작불이 있는 근처 어디쯤 말이야. 어쩌면 집 서까래에다가 매달아뒀을 수도 있지. 축적된 그을음과 연기를 보면 알 수 있단다. 타키투스도 이 근방에서 벌어진 전투에서 해골이 사용되었다는 이야기를 기록했는데 그게 유령의 벽에 걸린 해골들이었어.”

“로마인들의 눈길을 끌었을까요?” 몰리가 물었다. “오래된 뼈 좀 봤다고 로마인들이 경기를 일으키거나 하진 않았을 것 같은데요.” 슬레이드 교수는 다시 몸을 앞으로 숙였다. 그는 울타리 판을 만들 요량으로 버드나무 가지들을 서로 엮고 있었다.

“뭐, 일단 타키투스한테 이야기가 전해졌을 정도라면 눈길을 충분히 끌긴 끌었던 모양이야. 하지만, 네 말이 맞아. 로마군에게 영향을 미칠 정도는 아니었던 것 같구나. 로마

군은 귀갑진龜甲陣의 형태로 적에게 접근했고, 알다시피 인간 거북들은 방패로 쌓은 벽 아래에 있었으니까 해골은 거의 보지도 못했겠지. 하지만 굉장한 아이디어인 건 맞아, 그렇지 않니? 그리고 죽은 자의 유해가 그 문화에서 가졌던 중요도를 말해주는 단초이기도 하고.”

“그렇군요. 흠, 뭐 먹을 건 구해오셨나요? 고기나 물고기 같은 거?” 아버지가 몰리를 올려다봤다. “뭘 갖고 왔든 넌 채식주의자가 되기로 한 거 아니었니?”

내가 보기에 그 계획의 가장 단적인 문제는 사냥에 실패한 것이 아니었다.

“아빠. 으음, 슬레이드 교수님. 인간 유해는 어떻게 하시려고요? 담장은요?” 내가 물었다.

“아, 그건.” 엄마가 답했다. “내가 토끼들 머리를 끓이고 있어. 그리고 슬레이드 교수님이 정육점에 들렀다가 오셨어. 그래서 양하고 소의 머리도 몇 개 있어. 북은 가죽으로 만들면 되고.”

댄이 콧방귀를 뀌더니 헛기침을 하고 다시 콧방귀를 뀌었다.

“뭐라고요?” 댄이 말했다. “유령 토끼라니, 당신 제정신이에요? 그 조그만 이빨들로 뭐 하게?”

댄이 토끼 흉내를 냈고 몰리는 낄낄대며 웃었다.

“귀갑진이라.” 몰리가 말했다. “거기에 누가 먼저 들어갈지 궁금하네.”

“토끼라고, 멍청아.” 댄이 말했다.

아버지의 얼굴이 어두워지고 있었다. 하지 마. 우리 아빠 비웃지 마. 너희들이 감당할 것도 아니잖아. 자신이 바보가 되었다는 느낌을 받게 하지 말라고.

“그래, 뭐.” 교수가 말했다. “학교에 윤리위원회가 있어서 그런 목적으로 학부생들을 동원했다는 걸 알면 징계를 피할 수 있을지 모르겠다만, 누가 알겠니? 어쩌면 시험 때 부정행위를 한 학생들에게 시킬 수 있을지도 모르지. 몰리, 너는 뭘 가져왔니?”

“더 맛있는 우엉요.” 몰리가 답했다. “토끼 뇌랑 같이 먹으면 특별히 더 풍미가 있다고 합니다. 그리고 남들보다 마음이 여린 사람들을 위해선 빌베리를 따왔어요. 바로 저를 위해서 말이죠.”

아버지가 혼잣말로 뭐라 중얼거렸다. “주는 대로 먹는 거지, 무슨.”

“뭐라고요, 햄튼 씨?” 몰리가 말했다. “제가 잘 못 들었네요. 아휴, 배고파 죽겠다.”

몰리, 그만해. 네가 대체 무슨 짓을 저지르고 있는지 너는 몰라. 이게 어떤 결과를 낳을지 너는 아무것도 모르잖아. 우리 아버지한테 그런 식으로 말하면 안 돼.

“나는,” 아버지가 위를 올려다보며 하나하나 똑바로 이야기했다. “그 시대에 까탈스러운 여자애들은 배가 고팠을 거라고 했다. 너처럼 누가 뭘 먹네 마네 하는 사람들은 음식을 얻지 못했을 거란 말이야."

"아, 음." 슬레이드 교수가 말했다. "글쎄요, 전에도 말한 바 있지만, 우리 활동에 선사시대 남녀 계층 구조까지, 그랬을 거라고 지금껏 알려진 것을 전부 반영할 수 있을지는 잘 모르겠습니다. 몰리가 나쁜 뜻으로 한 말은 아닐 거예요. 베리도 다들 먹을 수 있을 만큼 많이 따왔겠죠, 안 그러니? 몰리하고 실비는 가서 야생 백리향을 좀 더 찾아볼 수 있을, 있으면, 아니, 가서 찾아오는 게 좋겠다. 흐음, 앨리슨 씨가 요리하고 있는데 우리가 방해하는 건 아닌가 걱정이 되네. 요리가 다 되려면 좀 시간이 걸릴 것 같으니까 둘은 냇가에 가서 천천히 걷다 오도록 해. 흠, 뭘 가지고 오는지 이따가 보자."

아버지는 슬레이드 교수를 잠깐 보고는 날 봤고, 그러고는 다시 유령의 벽 담장을 짜기 시작했다. 나는 이미 느낄 수 있었다. 움츠러들고 팽팽해진 내 살결. 얼굴을 가로지르는 손. 다리를 가로지르는 벨트. 수치심. 그리고 나는 팬에 있는 뼈를 젓는 엄마의 손이 떨리고 있는 것을 보았다.

"토끼 주술이라니." 고개를 가로저으며 댄이 말했고, 나는 움찔했다.

냉이를 발견했다. 냉이라면 아버지의 화가 좀 누그러질지도 모른다고 생각했다. 몰리는 그게 그렇게 재미있을 만큼 더운 날씨도 아니었건만 돌 위에 앉아 물속에 발을 담그고 휘적거리고 있었다. 몰리의 발톱은 이제 반짝이는 금색으로 칠해져 있었고, 볕에 탄 발에는 모카신 신은 자국이 남아 있었다.

"더 이상은 못 해먹겠어." 몰리가 말했다. "나는 파이하고 감자칩 사러 버스 타고 모베리로 갈 거야. 꼴통 국수주의자. 우리가 다 자기 말대로 해야 한다고 생각하나 봐. 자기가 교수도 아니면서." 몰리는 냇가 바닥에 있는 석영 조약돌을 집으려고 몸을 앞으로 숙였고 그 탓에 땋아내린 머리 갈래가 물에 잠겼다.

"아버지한테는 이게 진지한 일이라서 그래. 일 년 내내 버스를 운전하니까 교수님처럼 살 수 없어. 아버지가 진짜 재미있어하는 걸 할 기회가 이거 한 번뿐이야."

"그럼 너희 어머니는? 너희 어머니는 언제 어머니가 좋아하는 거 하시는데?"

나는 어깨를 으쓱할 뿐 계속 냉이 줄기를 손톱으로 뜯어냈다. 누가 봐도 엄마는 딱히 흥미랄 게 없는 사람이었고, 늘 그렇게 살아왔다. 그저 엄마를 한 번 보기만 해도 그런 사람이라는 걸 알 수 있었다.

"아버지가 어머니 의견을 묻기는 해?" 몰리는 멈추지 않았다.

"왜." 나의 말이었다. "너희 어머니는 어떠신데? 무슨 일 하시는데? 뭘 좋아하시는데?"

네가 이 질문에 전부 다 답할 수 있다면. 하지만 나는 이 말을 입 밖으로 꺼내지는 않았다. 인생을 어떻게 살아야 하는지, 네가 그 방법을 알고 있다면. 나는 냉이 잎 하나를 먹었고, 그건 생각했던 것보다 더 알싸했다. 눈물이 찔끔했다.

"엄마는 물리학을 가르치는 선생님이서." 몰리가 말했다. "그리고 응. 엄마는 좋아하는 게 있어. 이런저런 것들을 해. 에어로빅, 정원 가꾸기. 채소를 기르시거든. 슈퍼마켓에서 살 수 있는 건 키울 이유가 없다면서 대부분 희한한 것들을 길러. 엄마가 기르는 채소들을 가게에서 안 파는 데는 다 이유가 있을 텐데 말이야. 엄마는 그 냉이도 좋아하실 거야. 우엉에 대해서도 말해줘야지."

운동과 정원 가꾸기라. 나는 생각했다. 영국 남부 하트퍼드셔. 뭐, 그게 어디든 간에, 넌 정원 딸린 커다란 집에 살겠지. 버스 운전사와 슈퍼마켓 계산원하고 같이 앉아 밥을 먹은 건 네 인생에 처음 있는 일일 테고.

몰리는 땋은 머리의 붓 끝자락을 꼭 쥐고 물을 짜냈다.

"우리 아버지는 우릴 떠났어." 몰리의 말이었다. "내가 다섯 살 때. 엄마는 그때부터 혼자 견뎌냈고, 아버지는 돈 한 푼 보내주지 않았어." 몰리가 위를 올려다봤다. "나는 우리 엄마가 자랑스러워."

"그래, 훌륭하신 것 같다." 몰리는 모른다. 우리 가족이 어떻게 사는지 몰리는 알 수 없다. "냉이 좀 먹어봐." 내가 말했다.

엄마가 백리향으로 만두를 만들어 최선의 요리를 선보였건만 남자들은 밥 먹는 것보다 '유령의 벽', 그러니까 그 '토끼 울타리'를 짓는 데에 관심이 더 많았다. 몰리는 아버지와 슬레이드 교수, 그리고 이제는 댄과 피터까지 합세해 버드나무 격자를 짜는 것을, 버드나무로 만든 둥그런 테에 북면이 될 가죽을 덮어 단단하게 꽉 쪼이고 있는 것을 팔짱을 끼고 서서 보고 있었다. 벽을 크게 만들 모양이었다. 몰리와 내가 재차 채집을 나서지 않았더라면 저녁거리가 부족할 뻔했다.

엄마는 솥에서 건져올린 토끼 두개골을 말리기 위해 볕에 일렬로 줄을 세워놨다. 꼭 튜더 왕조 범법자들의 머리들처럼. 메멘토 모리. 지독하게도 불쌍한 토끼들. 슬레이드 교수는 자기 차에서 다른 머리뼈들도 가져왔고, 그것들은 엄마가 종종 앉곤 하는 바위에 놓여 눈 없는 눈을 뜨고 앞을 응시했다. 새하얀 것이 아직 빛이 났고 살짝 푸른 빛이 돌았으며, 꽤 오랫동안 바깥에 있었던 것 같았지만 비바람에 상한 흔적은 없었다. 나는 생각했다. 인간의 해골, 유령 해골은 오랫동안 손을 탄 탓에, 아궁이 불에 수십 년 동안 그을린 탓에, 닦이고 닦여 나뭇잎 같은 갈색이 되었겠지. 신체의 일부이자 역사적인 장식품으로서.

"웃어야 할지, 울어야 할지…. 보고 있으니까 꼭 영화 〈스왈로와 아마존〉 같은데, 저 사람들은 다 큰 성인 남자들이잖아. 저 작은 북이며, 꼭대기에 토끼 머리가 달린 버드나무 담장이라니. 대체 뭐하러? 로마군 못 오게 막으려고? 난 손 뗄 거야." 몰리의 말이었다. "교수님, 전 어디 좀 갔다 올게요."

"오, 그래, 그러려무나." 슬레이드 교수가 답했다. 아버지는 무릎만 땅에 대고 몸을 일으켜 몰리가 걸어가는 것을 보고는 고개를 저었다. "계집애가 건방지기 짝이 없어. 실비, 가서 엄마 도와드려라. 아직 식사 전이다."

남자들은 해가 지는 쪽을 향해 유령의 벽을 세웠다. 나무와 풀의 그림자가 금빛 햇살이 비스듬히 쏟아지는 실안개 낀 허공에 길게 드러누워 있었다. 몰리는 그때까지도 아직 돌아오지 않았고 나는 걱정이 되기 시작했다. 그렇게 오랜 시간 동안 혼자 뭘 할 수 있을는지 짐작할 수 없었고, 어두워지면 어떻게 돌아오는지도 알 수 없었다. 우리는 울타리 판을 언덕으로 옮기기 시작했다. 그때까지 우리를 보고 있던 엄마는 이제 잠자리에 들겠다고 했지만 무슨 일이 벌어질지 보고 싶었던 나는, 꼭 그래야 하는 시간 이외에는 굳이 움막에 머무르고 싶지 않았던 나는, 좀 더 밖에 머물렀다.

날이 점점 쌀쌀해져서 움막에 갔던 엄마가 내 침상에 있던 담요를 들고 다시 돌아와 어깨에 둘러주었다.

"자, 이거. 얼어 죽기라도 할 참이니? 옛날 사람들도 따뜻하게 지내야 한다는 건 알았을 거야. 발은 어때?"

"난 괜찮아, 엄마." 내가 말했다. "고마워. 가서 쉬어요."

"그래야지. 밤새우지는 말고."

"실비, 이제 가서 머리뼈들 좀 가져와봐라." 아버지의 말이었다.

소머리를 가지러 갔다. 색이 부드러워지는 돌과 잔디 위, 도드라진 머리뼈의 새하얀 빛. 눈구멍에는 아직도 마른 살점이 조금 붙어 있었고, 귀라고 할 만한 것도 아직 그대로 있었다. 나는 손을 대고 싶지 않았다. 집어 들기 전에 어떤 경의를 표해야 한다는 느낌이, 무언가를 미리 방지해야 한다는 느낌이 들었다. 머리뼈의 이빨이 웃고 있었다.

나는 가까이 다가가서 두 눈구멍 사이를 만져보았다. 차갑지는 않았지만 그렇다고 다 마르지도 않았다. 나는 두 손으로 턱 아래를 받쳐 옮겨야 했다. 내 품에 대고서 떨어지지 않게 꽉 잡아야 했다.

"실비," 아버지가 나를 불렀다. "내 말 안 들리니? 머리뼈 가지고 오라고 했잖아."

나는 토끼들이 줄지어 있는 곳으로, 양의 머리들이 있는 곳으로 발길을 돌렸다. 종종 험준한 바위 절벽 끝자락이나 산속 계곡 가장자리에서 우연히 마른 뼈들과 마주쳤던 탓에 그 뼈들은 좀 더 친숙하게 느껴졌다. 어렸을 적 그럴 때면 아버지는 눈을 감은 나의 손을 잡아 이끌어 그곳을 지나가야 했었다.

"실비, 이건 그냥 뼈야. 사람은 누구나 뼈가 있지. 뼈가 없으면 여기 나와서 이렇게 걸을 수도 없어."

그때의 나는 내 뼈를 생각하고 싶지 않았다. 내 안에서 자기네들이 세상으로 드러날 마지막 날을 기다리고 있는 뼈들. 나는 돌 뒤로 돌아가 소의 머리뼈를 집어 들고는, 두 개골의 얼굴이 점점 어두워지고 있는 언덕을 향하게 한 뒤에 들고 갔다.

해가 조용히 서쪽 습지를 향해 미끄러지자 이제는 댄마저도 진지해 보였다. 그림자가 길게 늘어졌다. 낮의 소음, 새소리, 작게 바스락거리는 소리, 나뭇잎들 사이의 바람 소리, 저 멀리 그레이트 노스 도로에서 들려오는 자동차 소리마저 고요했다. 달. 며칠만 있으면 보름달이 될 듯 차오른 달이 동쪽 수평선을 가로지르고 있었고, 깊어진 하늘 속에서 빛을 내기 시작했다.

나는 그곳에 서 있었다. 소가 염원했던 것과 두려워한 것이 무엇이었건 그것은 그 두개골 내부에 존재했었고, 내 손이 그 공간을 받쳐 들고 있었다. 나는 남자들이 말뚝을 박고, 버드나무로 짠 울타리 판을 고정하는 것을 봤다. 미친 연극. 아무리 들여다봐도 아무것도 없는 벽을 세우는 일, 여름밤 동물의 영혼들이 펼치는 주술.

"실비, 그렇게 하릴없이 서 있지 말고 다른 뼈들도 가져와. 금세 어두워질 거야."

나는 마치 그리스도의 몸을 받아들듯, 그리고 내 손가락들의 피와 뼈, 손바닥이 헐겁지만 최후의 방어벽인 듯, 내

오므린 손에 작은 머리뼈를 여러 개 담아 한 번에 옮겼다. 한때 그곳에는 정신이 담겨 있었다. 양들은 새끼 양을 빼앗길 때 울고, 하물며 토끼조차도 위험과 필요를 안다. 나는 두개골 하나하나를 성체를 대하듯 유령의 벽을 향해 들어올렸고, 아버지가 그것들을 알맞은 자리에 둘 때 나는 나도 모르게 고개를 숙였다.

동쪽 하늘이 어두워지고 옅은 구름 떼 위로 별들의 가시가 돋자 그들은 북을 울렸다. 송가를 불렀고, 나도 어느새 그들과 함께 노래하고 있었다. 높아지는 나의 목소리가 또렷하게 들려왔다. 나는 남자들이 낮은음으로 부르는 주문보다 높은음으로 한 음을 길게 빼 불렀다. 우리는 높이 달아놓은 머리뼈의 얼굴들 앞에 앉아서, 그것들이 달빛을 반사해 어둠을 비출 때 그것들을 향해 노래했다. 우리는 죽음을 노래했고, 그것은 진실했다. 남쪽 멀리, 마을로부터 오렌지빛 불빛이 쏟아져 하늘을 가로질렀고, 우리 아래로는 헤드라이트 한 쌍이 도로를 따라가고 있었다.

죽은 동물들, 우리가 고의로 죽여온 것들을 위해, 왜 어떤 식으로라도 의식을 행하지 않는가. 죽어가는 일은 여전히 존재한다.

다들 늦잠을 잤다. 내가 움막에서 나오기 전에 이미 빌베리와 팬케이크로 아침을 차려뒀던 엄마만이 예외였다. 아직 파자마 차림이었던 내게 햇살이 눈을 따갑게 내리쬐었고 나무 그늘은 벌써 짧아져 있었다.

"늦게 잤더구나." 엄마가 말했다. "아무래도 일찍 잔 건 아니지. 아침 해가 다시 뜰 때쯤 너하고 아빠하고 들어왔으니까."

"응." 내가 말했다. "거의 그쯤. 나 잠깐 숲에 다녀올게요."

나는 내가 볼일 보는 장소로 삼은 덤불에 다다를 때까지 슬렁슬렁 나무숲 사이를 걸어 들어갔다. 참으로 철기시대답지 않은 로덴드론 나무의 활짝 펼쳐진 치마 아래, 그만하면 나쁘지 않은 보안 속에서 나는 파자마를 내리고 쪼그려 앉았다. 허벅지 뒤쪽을 쓸어내려봤다. 여전히 쓰라렸다. 그러고는 일어서서 윗도리를 들어올리고 목을 한껏 뒤로 빼 등에 남은 자국들이 많이 가라앉은 것을 보았다. 며칠만 더 기다리면 자국은 없어질 거야. 다음 차례가 또 오기 전까지는. 그리고 몰리. 떠올랐다. 돌아왔나? 어젯밤에 몰리를 생각했었어야 했다. 그렇게 새까맣게 잊을 정도로 빠져들지 말았어야 했다.

"당연히 왔지." 엄마가 말했다. "내가 안 자고 기다리고 있었어. 넌 어떻게 그 차를 못 볼 수 있니? 어떤 남자들이 데려다줬더라. 내 보기에 상태는 그다지 좋지 않아 보였어. 그 두 사람 다 운전할 만한 상태가 아니었던 것 같던데. 그냥 내 생각이야. 아버지한테는 말하지 마라. 몰리는 아직 못 일어나고 있을 게 뻔해. 괜히 아버지한테 말하지 말고, 너도 준비하렴. 아버지 잠깐 씻으러 냇가 가셨으니까 돌아오시기 전에 옷 입어."

"당연히 말 안 하지. 내가 바보도 아니고."

달을 향해 고개를 쳐들고 북을 치던 슬레이드 교수, 마치 교회에서처럼 바르게 앉아 가사 없는 송가를 함께 부르던 아버지, 주고받던 눈길을 거두고 높이 달린 뼈의 얼굴을 바라보며 어설픈 음악에 몸을 흔들던 두 의심 많은 소년에 대한 기억 때문에 나는 쑥스럽고 어색한 분위기가 될 것으로 생각했다. 내 예상은 빗나갔다. 아버지와 슬레이드 교수는 서로 가까이 다가가 마치 두 마리의 고릴라가 그러하듯 서로의 등을 툭툭 치는, 남자들의 그 이상한 몸짓을 선보였다. 그때 나와 엄마는 짧게 눈빛을 주고받았다. 나는 그때까지 단 한 번도 아버지가 다른 남자에게 손을 대는 일을 본 적이 없었다. 아버지가 그런 동작을 아는 줄도 몰랐다.

"어젯밤은 정말 대단했어요." 슬레이드 교수의 말이었다. "황홀했지요, 어제 일은."

"맞습니다." 아버지의 말이었다. "너무 늦긴 했지만. 우린 하루 중 가장 좋은 시간을 놓치고 말았네요."

"그럴 수도 있죠." 슬레이드 교수의 말이었다. "옛날에도 이랬을 거라 저는 확신합니다. 여름밤은 길게 보내고, 겨울에는 어두컴컴하니 자면 되지요."

"아침 식사 준비 다 됐어요." 엄마의 말이었다. "차 드시고 싶으시면 차 내올까요? 허브티라도 괜찮다면."

몰리와 나는 다시 채집에 나섰다. 심지어 그날은 언질도 주지 않았던 것 같다. 엄마는 엄마의 일을 하고 있었고, 남학생들은 아버지와 슬레이드 교수와 함께 갔는데 그들이 하는 일이란 그게 뭐든 중요한 것이었고, 다른 사람들에게는 알려줄 필요가 없었으며, 몰리와 나는 식물들과 관련된 일을 하고 있었으니 그 일은 의식을 행할 필요가 없는 일이었다.

"나 먹을 거 가지고 있어." 몰리의 말이었다. "걱정하지 마. 어제 시내에 나가서 챙겨둔 거야. 우리는 괴상한 뿌리들을 더 파내든 다른 걸 파내든 할 수 있지. 그런데 우선, 나 그 유령의 벽부터 보여줘. 그거 아직 거기에 그대로 있지? 이쪽인가?"

몰리는 숲 쪽으로 발길을 옮겼고 나는 그런 그녀를 뒤따랐다.

"내가 알기론 그래." 내가 말했다. 아침 햇살에 보면 우스워 보일 거라는 걸 아는 나로서는 몰리가 보지 않았으면 했다. "그냥 놀이였어. 옛날에는 어땠을까 그냥 한 번 본 거지. 진짜 유령의 벽도 아니고."

"흠, 진짜 유령의 벽이라." 몰리가 말했다. "우리 진짜 유령의 벽에 대해서 생각 좀 해볼까?"

그때 눈에 들어왔다. 언덕 꼭대기 조금 못 미치는 곳, 파란 하늘과 대비되는 엉성한 울타리와 소의 두개골.

"당연히 나도 진짜가 아닌 건 알지. 근데 우리가 하는 것 중에 진짜가 어디에 있어, 그렇잖아? 이 여름 전부 다. 담요도 가게에서 사온 거고, 모카신도 너희가 고중 수업 날에 만든 거고, 교수님은 모베리 건강 식품점에서 곡물 사다 드시고. 그러니까 진짜냐 아니냐는 중요한 게 아니라는 거지."

"그럼 뭐가 중…"

"넌 어제저녁에 뭐 했어?" 몰리의 말을 가로채며 내가 말했다. "차 타고 돌아왔다며?" 몰리가 씩 웃었다. "응, 그랬지. 오다가 주차장에서 잠깐 쉬기도 했는데, 그것도 너무 좋았어. 내일도 차 타고 들어올 거야. 너도 와도 돼. 그쪽도 여러 명이야." 어딜 가? 내가 생각했다. 모베리에 있는 술집? 거기에서 술 먹고 남자들 만나고? "못 가. 아버지가 펵이나 그렇게 하라고 하겠다. 봐, 저거야. 유령의 벽."

몰리는 울타리가 세워진 곳까지 올라가서 그 짜임새를 만져보았다. 몰리의 땋은 머리, 그것도 꼬아서 만든 것이었다. 내 아버지의 손이 만들어낸 작업물이 메아리치는 땋아내린 머리칼의 리듬.

"진심 기괴하네." 몰리의 말이었다. "저 머리 말이야. 그냥 좀 촌스럽겠거니 했는데, 이건 소름 끼쳐. 무슨 트로피들 같잖아. 넌 지난밤에 뭐 했어? 저거 주위로 돌면서 춤이라도 췄어?"

"아니, 춤은 안 췄어." 내가 물었다. "오늘은 어디 가고 싶니? 황야에는 빌베리 빼고는 별것 없어. 해변에 다시 가보는 것도 나쁘지 않지. 오늘은 그렇게 덥지도 않고 한낮에는 물도 많이 빠질 거니까." 아뿔싸. 속으로 생각했다. 그럼 몰리는 수영하려고 할 테고 같이 옷을 벗자고 하겠지. 그럼 내 등을 보게 될 거야. "아니면 저쪽 숲에 가보는 것도 좋겠다." 내가 말했다. "블랙베리를 따기에는 시기가 아직 너무 이르지만 자두나 뭐, 버섯 같은 게 있을 수도 있지. 독버섯인지 아닌지는 아버지가 구별할 수 있을 거야."

몰리는 호기심은 일지만 그래도 만지지 않겠다는 듯 손을 등 뒤로 한 채 양의 머리뼈들을 뚫어지게 보고 있었다.

"뭘 그렇게 신경 써?" 몰리의 말이었다. "숲. 해변은 너무 멀어. 아버지가 버섯 감별할 줄 아시는 거 확실해?"

"응, 확실해." 우리는 돌아서서 채집 활동을 할 곳을 향
해 언덕을 다시 걸어 내려갔다.

"실비," 몰리였다. "넌 저거 괜찮아, 유령의 벽?"

"흥미롭지." 내가 말했다. "별로 안 그럴 줄 알았는데 막
상 보니 그렇더라고."

"넌 무섭지 않구나." 몰리의 말이었다. 나는 어깨를 으쓱
해 보였다.

"뭐가 무서워, 뼈?"

"사람들. 너희 아버지하고 짐 교수님."

"에이, 아냐." 내가 말했다. "내가 왜 무서워해, 이건 진
짜가 아니라고 우리 방금 얘기했잖아."

우린 숲으로 발길을 돌렸다. 서두르지 않았다. 몰리는
전날 투르디, 그 산파 여인의 집에 다녀왔다고 했다.

"남의 집에 그렇게 막 가면 어떡해. 우리 그 사람 한 번밖
에 안 만났잖아."

"그분이 우리를 초대했잖아. 뜨거운 물로 샤워하고 싶으
면 오라고 했고." 몰리가 대답했다. "나는 뜨거운 물로 샤
워를 하고 싶었어. 이렇게 떡진 머리로 돌아다닐 순 없으
니까 말이야. 그래서 가봤더니 집에 계시더라고. 너도 가
봐."

트루디 아주머니는 몰리에게 차도 주고 환자의 어머니
가 선물했다는 수제 케이크도 줬다고 했다. 그리고 트루디

아주머니가 가진 비싼 샴푸로 머리를 감았다는데, 몰리가 신나서 머리를 감은 그 샴푸 브랜드가 내겐 아무 의미 없다는 것에 대해 우리 둘 다 전혀 놀라지 않았던 것 같다.

"진짜 너무 좋았어. 샤워다운 샤워였지. 기분이 훨씬 좋아졌어. 그리고 트루디 아주머니가 오고 싶으면 언제든지 오래. 우리가 여기에서 뭐 하는지 엄청 관심이 많아. 로마 시대 얘기도 좋아하고. 너만 좋으면 내일 갈 수도 있을 거야."

"아니." 내가 말했다. "나는 좀 이상할 것 같은데. 난 그냥 엄마한테 물 데워달라고 해서 그걸로 머리 감을 거야. 아니면 냇가에서 감아도 되고. 스코틀랜드에서 캠핑할 때 늘 그렇게 해."

우리는 새로운 자두나무를 찾아냈고, 내가 나무에 올라가 가지를 흔드는 동안 몰리가 뛰어다니며 땅에 떨어진 자두를 주웠다.

"옛날 사람들은 자두하고 채소를 진짜 많이 먹었어." 내가 말했다. "누군가 처음으로 빵 만드는 법을 찾아냈을 때 구세주가 나타났다 싶었을 거야. 그리고 오븐도. 그리고 파이도."

"내려와서 비스킷 좀 먹어." 몰리가 말했다. "여기, 어제 사온 거야. 어쨌든 살찌는 사람은 아무도 없었겠네." 몰리가 그 말을 하면서 마치 자기 배는 뭔가 잘못됐다는 듯이 배를 콕콕 찔렀다.

“모르겠어. 그 사람들은 보석을 만들 시간이 있었어. 그렇잖아. 그리고 의례도 있었고 축제도 있었고 장식품들도 있었고. 늘 먹고사는 일에만 급급했던 건 아니야. 최소한 가끔은 먹고 남아서 음식을 저장해두는 일도 생겼을 거야, 분명히.”

“그래. 그랬거나, 아니면 여자들이 평생 음식 구하러 돌아다니고 요리를 했겠지. 그래야 남자들은 레고 가지고 놀고 북 두드리고 달 쳐다보면서 울부짖을 수 있을 테니까. 네 목소리 들었어. 알고 있어? 나 돌아왔을 때, 너희 어머니하고 나하고 듣다가 키득키득했어.”

나는 비스킷 하나를 더 먹었다. “그게 묘하더라고.” 내가 말했다. “처음에는 약간 바보 같았는데 점점 진짜 같은 거야. 그런 일이 일어날 수 있게 사람들이 결심할 수 있다는 건 나도 몰랐어.”

“땅콩도 좀 먹어봐. 칼로리도 높고 단백질도 많이 들었어.” 몰리의 말이었다. “그런 일이 일어날 수 있게 결심한다니, 그게 무슨 말이야?”

나는 어깨를 으쓱했다.

“모르겠어. 이를테면 교회에서처럼 말이야. 길가에서 해도 그렇고, 심지어 방 안에서 혼자 하더라도 되게 우스워지는 행동들이 있잖아. 그런데 왠지 모르게 사람들이 다 같이 하면 우습지 않게 되는 거지.”

“실비. 나 이제 슬슬 네가 무서워지려고 그래. 무슨 사이

비 종교 같잖아.”

“뭐가? 아버지하고 교수님하고 토끼 몇 마리가? 가서 버섯이나 찾아보자. 저번에 숲에서 본 적이 있어.”

“그러자. 실비, 근데 너 다리 왜 그래? 너 나무 위에 올라갔을 때 다 봤어. 멍들었던데.”

“아.” 마치 뭐라도 잘못해서 들킨 사람처럼 가슴뼈 아래에서 심장이 꿍 하고 떨어졌다.

학교에서 체육 시간에 옷을 갈아입다가 선생님이 한 번 눈치챈 적이 있었다. 하지만 이해할 만한 정도라면 부모의 훈육은 불법이 아니었고, 회초리나 자로 체벌을 했던 선생님들의 상당수가 여전히 교사직을 유지하고 있었다. 아이들의 신체는 아이들의 전유물이 아니었고, 우리의 몸 이곳저곳은 기회가 있을 때마다 은근슬쩍 몸을 더듬는 삼촌들에게 이용당했으며, 심지어 허벅지를 때려 사랑을 표현하는 엄마들에게도 이용당했다. “아버지께 대들었어요, 선생님. 그러다 한 대 맞았고요.” 선생님이 그랬다. “아, 그래. 그다지 놀랄 일도 아니구나.”

“멍 안 들었는데? 네가 그림자를 잘못 봤겠지.”

몰리가 나를 쳐다봤다. 나는 눈을 돌렸다.

“그 사람이 너 때리잖아.” 몰리가 말했다. “네 아빠. 여기에 와서도 지금까지 널 때렸고. 너는 아버지를 무서워하고 있어.”

“아니야.” 내가 말했다. “아니야, 안 그래. 당연히 아니

지. 너 지금 말도 안 되는 소리를 하고 있어. 어쩌면….” 나
는 말을 멈췄다. 어쩌면 넌 질투하는 거야. 너희 아버지가
너를 버렸으니까. 너희 아버지는 너를 사랑하지 않으니까.
너희 아버지는 너한테 관심이 없어서 훈계하려고도 하지
않으니까. 그런 말 못 들어봤니? 사람들은 사랑하지 않는
사람한테는 상처 주는 것도 귀찮아해. 굳이 희생할 필요를
못 느끼는 거라고.

“아무것도 아니야, 몰리.” 내가 말했다. “진짜, 잘못된 건
하나도 없어.”

“그래, 좋아. 굳이 말하지 않아도 돼. 하지만 분명히 잘
못됐어. 누가 널 때리는 건 괜찮은 일이 아니야.”

이튿날은 우리가 머무르던 기간 중 가장 더운 날이었다. 반짝이는 햇살, 불지 않는 바람. 아침나절에도 황야에 서면 발아래 바싹 마른 헤더의 냄새를 맡을 수 있었고, 지평선 근처 통신 탑은 마치 떠내려가는 듯 둥둥 떠서 넘실댔다. 숲속으로 들어가보니 떡갈나무 아래 크고 깊은 그늘이 드리워져 있었지만, 어디에서도, 심지어 숲 한가운데에서도 시원한 땅바닥을 느낀 기억이 없다. 깔따구들은 쉭쉭 소리를 내며 허공을 날고 있었고 내가 잠시 멈추자 이내 떼로 날아와서 살에 달라붙었다. 내 귀에는 여전히 그날 밤의 북소리가 들리는 듯했고, 내 머릿속 혹은 배 속 어딘가에서 계속해서 그 북소리가 울리고 있는 것 같았다.

아침 식사를 마친 뒤 아버지와 슬레이드 교수는 다시 황야에 있는 언덕을 올랐는데, 픽트인(로마제국 시기부터 10세기까지 스코틀랜드 북부와 동부에 거주하던 부족—옮긴이)과 로마인 놀이를 하기보다는 언덕 위에 올라가서 냉전 종식 협상이라도 할 것 같은 모양새였다.

"아이디어가 하나 있어서 거기에 매진하고 있단다." 슬레이드 교수의 말이었다. "나중에 상당히 특별한 경험을 해볼 수도 있겠어. 너희들은 오늘도 채집 활동이다. 해변을 다시 가봐도 좋아. 홍합은 늘 최고의 단백질 식품이니까."

지난번 해변에 갔을 때 느꼈던 열기를 고스란히 기억하는 피터와 몰리가 서로를 쳐다봤다.

"지금쯤이면 막 밀물이 시작될 때예요." 댄이 말했다. "이따가 오후에 가는 게 좋을 것 같아요. 그때는 지금보다 더 시원하기도 할 거고요."

"이때쯤이면 개암나무 열매가 있을 거야." 아버지의 말이었다. "어디에 있는지 찾을 수만 있다면 홍합 캐러 가는 것보다 낫지. 더 안전하기도 하고."

"개암나무 열매라…. 정말로 개암나무 열매가 야생에서 자라?" 댄이 물었다.

"응," 내가 답했다. "초록색 껍질이 있는 채로 먹을 수 있어. 헤이즐넛 먹어봤지? 개암나무를 경작한 게 헤이즐넛이라고 보면 돼."

"아, 알겠어. 고마워." 댄이 말했다. 그리고 나는 얼굴이 붉어졌다. 미스 잘난 척 진.

나는 개암나무가 주로 어디에서 자라는지 기억나지 않았고, 어차피 다들 별로 관심을 두지도 않았다. 학생들은 단지 피곤해했다. 어른들의 관심은 우리에게 있지 않다는 것이 명백했다. 그들은 어딘가 그늘진 곳에 앉아 자신들은 알지만 나는 모르는 사람들과 어떤 계획에 관해서 이야기 나누는 것을 좋아했다. 나는 아버지가 그때처럼 나와 엄마에게 관심을 덜 두는 것을 처음 봤지만, 그래도 내게 내린 지시를 잊으리라고는 생각지 않았다.

"개암나무 열매는 그냥 제안한 거지, 실비. 꼭 따오라고 한 건 아니야." 댄이 말했다.

그건 제안이 아니었다는 말을 나는 댄에게 하지 않았다. 대신 한동안 앉아 있다가, 숲속 언덕 위에 앉아 손으로 깔다구를 내쫓으면서 지난 학기에 가장 심하게 취한 사람이 누구였는지에 대해 옥신각신 다투는 학생들을 내버려두고 일어섰다. 길은 없었지만 나는 나무 사이사이를 배회하며 언덕 아래로 향하는 듯한 곳을 짐작해 걸었고, 그래야 할 이유는 없었지만 소리 나지 않게 발을 디뎠다. 한동안 댄의 목소리가 들리지 않더니 피터의 목소리와 몰리의 웃음소리가 나뭇가지들을 타고 들려왔다.

머릿속에서 북소리가 들렸다. 가죽으로 만든 북. 양 가죽. 그리고 귀를 기울여보니 언덕에서 양 울음소리가 들려왔다. 쟤네들도 북소리를 들을 거야. 나는 생각했다. 양, 토끼, 올빼미, 여우. 걔네들도 지나가다가 높이 걸려 있는 두개골들을 볼 거야. 자신들의 머리뼈. 나는 윗입술에 달라붙은 땀을 핥아내고는 나뭇가지 사이를 빠르게 빠져나오면서 잔가지들이 내 팔에 생채기를 내도록 그대로 두었다. 다시 배가 고팠다.

마침내 개암나무를 찾았지만, 그러고 나니 같이 온 학생들을 찾을 수가 없게 되었다. 작은 숲인 데다가 언덕이기 때문에 올라가든 내려가든 비탈을 따라 한 방향으로 똑바로 가다 보면 끝자락에 다다를 거란 걸 다 알고 있었는데도 나는 그렇게 반 시간 정도 길을 못 찾고 묘하게 헤맸다.

부서진 햇살 조각들이 나무들 사이사이로 내려앉았다. 나는 햇살을 내 왼편에 두고 마지막으로 몰리의 목소리를 들었던 언덕 위쪽으로 향했지만 몰리의 목소리는 더 이상 들리지 않았다. 해는 어느새 내 오른편에 와 있었다. 점점 목이 타서 물, 내가 아닌 다른 학생들이 가지고 있었던 그 물 이외에는 다른 것을 생각할 여력조차 없었다. 하지만 어쨌건 나는 움막에서, 냇가에서, 그리고 내가 먹을 만한 것을 가지고 있을 엄마에게서 15분 거리 이상을 떨어져 있을 리가 없었다.

새 한 마리가 내 뒤에서 계속 지저귀었다. 마치 전화벨이 울리듯 카랑카랑한 목소리로 쉼 없이 반복하는 같은 멜로디. 튜닉은 축축해진 피부에 거칠게 치대며 아직도 따가운 등에 달라붙었다. 발가락 사이에는 돌 부스러기와 나무 껍질이 끼었다. 물. 나는 물이 필요했다. 새는 다시 울었고, 그 카랑카랑한 소리가 점점 빡빡하게 죄어오는 머릿속에 둥둥거리는 잔향을 만들며 내 두개골을 관통하는 것 같았다. 뒤엉킨 잡목 덤불에 다다른 나는 발걸음을 돌려 언덕을 내려가기 시작했고, 한쪽 어깨에 오래 지고 있었던 견과류 가방을 다른 쪽으로 돌려 멨다.

들판으로 나온 건 당연한 일이었다. 아마도 상당히 빨리 나왔을 것이다. 그곳은 일 에이커 정도의 영국 숲이었을 뿐 흑림이 아니었으니까. 들판을 두 번 지나니 냇가가 나왔고 나는 잠시 멈춰서 손으로 물을 떠서 마시고 얼굴에 적셨다. 양을 키우는 땅에서는 절대 냇물을 마시지 말아라. 그러나 유속이 적당히 빨랐고, 그런 것을 신경 쓸 여유도 없었다.

엄마는 이번에도 자리에 앉아 있었다.

"아버지가 오셨었어. 네가 오늘 밤 해야 할 일이 있을 거라고 전하라던데." 엄마의 말이었다.

"엄마, 나, 물." 내가 말했다. "뭐 아무거나 먹을 거 있어?"

"별로 없는데. 아직 요리를 안 했어. 아버지가 너한테 말 좀 전해달라고 하셨어."

"자두는요? 자두 먹으면 안 돼? 엄마 그거 다 요리했잖아."

"자두가 너무 서. 대체 설탕이 없던 시절에는 자두로 뭘 했을지 도통 모르겠구나. 꿀이 반 통은 있어야겠어. 그래야 먹지."

"그냥 먹을래요. 시어도 그냥 먹을래."

하지만 엄마의 말이 옳았다. 배고픈 십 대에게마저 자두는 몇 알로 족했다. 배 속에 노랗고 신 마른 자두와 미지근한 물이 흘렀다. 엄마는 당장 뭘 만들려는 것 같지 않았다. 다른 사람들이 곧 돌아올 테고 돌아오면 먹을거리를 찾을 테니까 내가 배늑을 만들어볼까 싶었다. 하지만 불자리 가까이에 갈 엄두가 나지 않았다.

"엄마," 내가 말했다. "엄마, 이거 불 꺼졌는데."

"그래." 엄마의 말이었다. "그게 그렇게 뜨겁다니까. 어쨌든 누가 불을 지금 쓰겠니."

"아빠요. 아빠가 와서 뭐라고 하겠어. 엄마는 대체 무슨 생각이야? 아빠가 불, 난로, 이런 것들 계속 피워두는 거 엄마도 알면서. 빨리 불 다시 붙여야겠어. 아빠가 언제 다시 오겠다고 얘기하고 갔어?"

엄마는 다시 자리에 앉았다. "아빠가 오셨을 때도 불은 꺼져 있었어. 벌써 다 봤다. 네가 한 발 늦었네. 애, 그냥 와서 좀 앉지 그러니."

나는 엄마에게 묻지 않았다. 나는 알고 싶지 않았다. 아버지가 조금이라도 생각이 있었다면, 멍은 다른 사람들이 볼 수 없는 곳에 들었을 것이다.

엄마 옆에서 꽤 오랫동안 쉬었다고 생각했는데 해는 전혀 물러남이 없었다. 땅이 받은 열기를 그대로 다시 쏘아 올리는 듯 보였다. 나는 옷을 챙겨서 몸을 웅크리고 있는 엄마를 그 자리에 두고 움막에서 나와 냇가로 갔다. 옷을 모두 입고서 둑에 무릎을 꿇고 앉아 머리를 감기 위해, 내 머리 전체를 담그러.

물이 얼굴을 휩쓸고 지나가고 가슴과 등 아래 사이 열기를 씻어 내려가는 동안, 나는 둑에 쪼그려 앉아 엄마에게 줄 리넨 옷을 신선한 물에 흠뻑 적셨다. 그곳에는 아직 시원스럽게 잎이 짙은 습지 머틀이 자라고 있었다. 나는 엄마를 위해 잔가지를 뜯었다가 이내 또 다른 생각이 떠올라서 이번엔 새로 난 잎들을 한 움큼 뜯어냈다. 머틀이 빨리 회복할 수 있도록 한 덤불에서 두 개 이상은 뽑지 않았다. 나는 이파리를 손가락으로 비벼 라임 같기도 하고 몸을 덥히는 향신료 같기도 한 향을 맡아보았다. 어렸을 때는 맞고 나면 욕실에 가서 엄마가 쓰는 탤컴파우더 냄새를 맡곤 했다. 그때의 나는 그 냄새가 엄마를 편안하게 해주는 거라고 막연히 생각했던 모양이다. 움막으로 되돌아가는 길에 목 언저리에서 내 젖은 머리가 벌써 따뜻해지는 것이 느껴졌고, 젖은 튜닉이 따가웠다.

"엄마, 이거. 좀 시원해질 거야." 내가 말했다. 엄마는 미동도 없었다. "움막에 가서 그걸로 여기저기 좀 닦아봐. 개운해질 거예요. 그리고 이거, 엄마 주려고 습지 머틀 따왔어." 엄마는 내 도움을 받아 일어나더니 머틀을 받아들고 움막으로 들어갔다. 나는 불자리에 쪼그리고 앉아 몰리에게 줄 머틀 한 다발을 바닥에 내려놓고서, 온기가 남아 있는 재를 손에 한 움큼 쥐었다가 손가락 사이로 빠져나가는 것을 바라봤다.

황야 언덕들에 이런 재가 있었던 것을 기억한다. 이해할 수 없는 뼈의 파편들. 철기시대 브리튼인들은 재를 가지고 여러 가지를 했다. 석회나 잿물, 뭐 그런 것들을 만들었다. 아닌가. 그건 어쩌면 나중의 일일 수도 있겠다. 불을 둘러쌌던 둥근 돌들이 여전히 따뜻했다. 나는 앉아서 여기에 와서 새롭게 배운 바구니 짜기 기술을 이용해 몰리에게 줄 머틀 왕관을 짰다. 몰리의 머리 위에 올려질 머틀의 회색빛 짙푸름을, 그녀의 얼굴 위에 내려앉을 머틀의 향기를 상상했다.

엄마가 움막에서 나와 다시 앉았다. 엄마의 팔에 네 개의 손가락 자국이 나 있었다. "내 잘못이지." 엄마가 그랬다. "아버지가 불을 얼마나 챙기는지 알고 있었으면서."

"너무 뜨겁잖아요. 어차피 다들 불 피우는 거 좋아하지도 않고."

나무들 사이로 웃음소리와 큰 목소리들이 들려왔다. 나는 내가 땋아 만든 유치한 왕관을 보곤 등 뒤로 감췄다. 내가 대체 무슨 생각을 했던 거지? 몰리가 여섯 살도 아니고.

"아이고, 나가서 뭐하나 했더니 그래 봐야 또 그놈의 술집이구나. 없으면 못살지, 없으면 못살아. 살 수 있겠니?" 엄마의 말이었다.

"그냥 기분이 좋은 거 아니야? 그냥 엄청 즐거운 모양인데.” 하지만 엄마는 고개를 가로저었고 그들이 가까이 왔을 때 나는 엄마의 말이 맞았음을 알 수 있었다.

“다 먹어치울 기세일 텐데 뭐 먹을 게 있어야지.” 엄마가 말했다. “자두는 먹을 만한 게 전혀 못 되고.”

하지만 피터가 양팔에 하나씩 하얀 식빵 꾸러미를 들고 오고 있었고, 몰리는 플라스틱 병에 담긴 레모네이드를 아기 안듯 안아 들고 있었다.

“이거 보세요, 햄튼 여사님!” 피터가 말했다. “오늘은 뜨거운 난로에 노예처럼 묶여 있지 않으셔도 됩니다. 아, 모닥불에 말이죠.”

“그건, 교수님이 뭐라고 하시겠어요.” 엄마가 말했다. “다른 데 가져다놔요, 어서.”

“아마 교수님도 먹고 싶다고 하실걸요.” 댄이 말했다. “어쨌든 다른 데 두겠습니다. 이거 보세요. 햄도 가져왔어요.” 댄은 주머니에서 투명한 포장 비닐에 담긴 흐물흐물한 분홍색 슬라이스 햄을 꺼내 보였다.

엄마와 나는 움막에 등을 대고 앉아 학생들이 하얗고 복슬복슬한 빵과 촉촉한 햄을 나눠 먹는 것을 보고 있었다. 나는 내가 만든 화관을 바짝 당겨와 괜히 만지작거렸다.

“실비, 좀 먹어.” 피터가 말했다. “너도 배 많이 고프잖아.”

몰리가 너무 커서 한 손으로는 들기도 힘든 레모네이드를 나에게 건넸다.

“자, 받아. 이거 네 거야. 아까는 차가웠어. 와인 담는 시원한 통에 내가 넣어뒀었거든. 지금은 아마 다시 미지근해졌을 거야.”

나는 언덕 쪽을 흘끗 보고, 아버지의 발소리가 들리지는 않는지 숲 쪽으로 귀를 기울였다. 그러곤 병의 압력이 점점 낮아지는 소리를 들으면서, 천천히 헐거워지는 것을 손가락으로 느끼면서, 한 눈금씩 레모네이드 병의 뚜껑을 돌렸다. 옆에서는 엄마가 벽에 기대어 앉아 아무것도 쳐다보지 않는 눈으로 멍하니 있었다.

맞은편 떡갈나무 그늘에서는 몰리가 다른 사람들이 자신의 속옷을 볼 수도 있다는 걸 모르는 아이처럼 무릎을 벌리고 앉은 채, 정사각형 모양의 햄을 떼서 정사각형 모양의 하얀 식빵 위에 서로서로 귀퉁이를 잘 맞춰 내려놓았다. 그러고는 입술과 혀를 가까이 가져가 한 입 크게 베어 물었고, 샌드위치에 베어 문 자국이 남았다. 몰리는 두 번째 손가락에 남은 소금기를 빨아 먹더니 꿀빛이 나는 잔머리를 귀 뒤로 넘겼다. 나는 몰리를 보며 얼굴을 붉힌 채 위를 올려다보았다가 피터와 눈이 마주쳤고, 마치 바지에 오줌을 싼 것처럼 얼굴에 갑작스레 열이 올라오는 게 느껴졌다.

한 시간쯤 지났을까. 아버지와 슬레이드 교수의 목소리가 들렸다. 학생들은 열을 식히러 냇가에 가 있었다. 느릿느릿 숲을 건너 되돌아오는 불규칙한 리듬의 대화 소리와 웃음소리. 몰리는 틀림없이 옷을 다 벗었을 텐데. 나는 알고 있었다. 레이스가 달린 밝은색 속옷이라도 입고 있다면 그나마 다행인 상황일 터. 나는 아버지가 분노와 역겨움을 분출할 뿐 그보다 심한 것은 할 수도 없고 하지도 않을 거란 것을 알면서도, 아버지가 그런 몰리를 보면 어쩌나 싶어 쿵쾅거리는 공포를 가라앉힐 수가 없었다.

나는 다시 불을 피웠고, 불길을 키우면서 새롭게 올라오는 불꽃들이 햇볕에 유령처럼 일렁이는 것을 바라봤다. 엄마는 마치 꼭두각시 인형의 조종자가 엄마에게 연결된 줄을 갑자기 잡아당긴 듯 일어나 앉더니 느릿느릿 일어섰다.

"저녁 준비를 시작도 안 했네. 실비야, 손 좀 보태라."

"에이, 시간 맞춰 먹는 것도 아닌데 뭐. 언제는 그랬나."

말은 그렇게 했어도 나는 눈에 잘 띄도록 아버지가 주로 앉는 통나무 옆에다가 개암나무 열매가 든 가방을 두고 가마솥에 요리할 물을 부었다. 무슨 요리를 하든, 일단.

"마른 생선은 어떻게 먹어요?" 내가 물었다.

"겨울에 먹지." 엄마가 답했다. "햇볕에 바로 상하는 거, 너 못 봤니? 냄새가 하도 고약해서 며칠 전에 내가 땅에 묻었어."

"그럼 이제 뭐 먹어요?"

엄마는 어깨를 으쓱했다. "개암나무 열매. 버섯. 식빵 끝자락."

몰리의 웃음소리가 냇가 쪽에서 울려왔다.

그러나 슬레이드 교수와 아버지는 화를 내지 않았다. 물을 많이 마셨고, 개암나무 열매가 든 가방을 연 뒤 먹는 데에 집중했다. 입에 넣은 것을 우물우물 씹으면서 채 삼키기도 전에 다음 열매의 초록 껍질을 벗겼다. 엄마는 이를 서서 지켜보고 있었다. 이제는 끓일 이유가 없어진 물에서 김이 올라오기 시작했다.

"옳지." 슬레이드 교수가 말했다. "실비, 잠깐 얘기 좀 할 수 있을까? 오늘 밤 계획에 대해서 말인데, 특별한 일이란다. 잠깐 좀 걷자꾸나." 나는 엄마를 슬쩍 보았다. 하지만 엄마는 눈도 들지 않았고 곧 가버렸다.

그들은 해 질 녘에 나를 죽이려고 했다. 나를 이끌어 북이 울리고 낮은음의 송가가 울리는 황야로 행진해 올라간 뒤, 나의 두 손과 발을 묶고 내 목에 밧줄을 두르는 것. 밧줄은 삶과 죽음을 오가는 나를 칼날과 바윗돌이 잡아두고 있는 동안 내 목을 조여오기도, 헐겁게 풀어주기도 할 것이었다.

"물론 우리가 실제로 너를 다치게 하진 않을 거야." 슬레이드 교수의 말이었다. "실비, 네가 그건 꼭 알고 있었으면 좋겠다. 이건 그냥 우리가 한 번 시험 삼아 해보고 싶은 의식이야. 철기시대 때 보이고 들렸을 방식 그대로. 황야에서 울리는 북, 그리고 꼬은 밧줄."

나는 숨이 밭아지는 것을 느꼈다. 가슴께의 열기가 양팔로 퍼졌다.

"하지만 알 수 없잖아요, 그렇지 않나요?" 내가 말했다.

"그때 어떻게 했는지, 교수님도 증거가 없다고 하셨잖아요. 그들이 어떻게 죽었는지는 알지만 왜 죽었는지는 모른다고요."

"그래서 이걸 해야 하는 거야." 교수의 말이었다. "이걸 통해서 알게 될지도 모르잖니. 절대 다치지 않을 거라고 약속하마."

"실비도 압니다." 아버지의 말이었다. "얘가 바보가 아니에요. 그렇지, 실비?"

"왜 꼭 제가 해야 해요?" 답을 알고 있음에도 내가 물었다. 왜냐하면 나는 당신이 해쳐도 되는 사람이니까. 왜냐하면 내가 희생양, 희생제물, 아버지가 지키고 싶은 바로 그것이니까.

"아무래도, 그때도 대개 여성들이 했거든. 여성들, 소녀들." 슬레이드 교수가 말했다. "몰리에게는 부탁할 수가 없어. 걔는 학생인 데다가 솔직히 성적도 별로 좋지 않아. 그리고 본인은 하고 싶지 않았는데 압력을 받았다는 식으로 얘기를 하는 것도 원치 않는단다. 그렇게 되면 내가 굉장히 곤란해질 수 있어. 너희 아버지가 너라면 할 거라던데."

"그럼요, 할 겁니다." 아버지가 말했다. "그렇게 길게 따질 것 없다. 교수님 연구를 위한 작은 역할극 같은 거야."

"그래도 좀 이상한데." 내가 말했다. "밧줄은, 진짜 잘 모르겠어요."

"교수님이 말씀하셨잖니. 아무도 너 다치게 안 해. 다들 같이 갈 건데 뭐. 당연히 네가 해야지. 자, 이제 가서 엄마 도와드려. 다들 식사다운 식사를 해야 한다. 긴 밤이 될 테니까."

냇가에서 돌아와 물기가 채 다 마르지 않은 학생들이 깨끗해진 모습으로 불가에서 멀리 떨어진 나무 아래에 앉아 있었다. 몰리는 밀가루 반죽이 든 그릇을 옆에 두고 반죽을 떼서 플랫브레드 모양을 만들어 접시에 하나씩 놓아두었는데, 일정치 않은 모양새들의 반죽이 접시에 달라붙거나 자기네들끼리 달라붙었다. 엄마는 돌칼로 버섯을 썰고 있었다. 나는 가서 몰리 옆에 앉아 손바닥 크기만 하게 밀가루 반죽을 떼어냈다.

"그래서 뭐래? 뼈 경배를 또 하고 싶대?" 몰리가 물었다. 나는 고개를 저었고, 내 입과 코에 울컥 눈물이 차오르는 게 느껴졌다.

"세상에나, 실비. 왜 그래?" 나는 입술을 꽉 깨물고 울음을 집어삼키고는 다른 사람들이 볼 수 없게 고개를 푹 숙였다. 그런다고 해서 내가 밧줄에 묶여 있는 것을, 다른 사람들 앞에서 행진하는 것을, 그들이 못 보게 될 것도 아니었지만.

"뭔데? 말을 해봐!"

나는 두 손으로 그릇에 담긴 밀가루 반죽을 꾹꾹 눌러 평평하게 만들어보려고 애썼다. 반죽이 너무 찰져서 밀가루가 더 필요했다. 몰리는 쥐고 있던 밀가루 반죽을 내려놓고 일어서서 양손을 문질렀다.

"따라와. 가서 얘기해."

"이거 엄마 만들어줘야 해. 아빠가 그러라고 했어."

"그래, 그랬겠지." 몰리의 말이었다. "근데 나도 지금 너한테 말하잖아. 빨리 와. 와서 그 사람들이 뭐라고 했는지 말해봐."

아버지는 숲에 가셨고, 슬레이드 교수는 일지를 쓰러 가고 없었다. 나는 플랫브레드 모양으로 반죽을 다 떼어놓고, 움막 옆에 놔뒀던, 이제는 생기를 잃은 화관을 집어 들고 몰리의 뒤를 따라 그녀의 텐트로 갔다. 어쨌든, 이걸 줄 수 있을지도 몰라.

몰리의 텐트에 들어가니 마치 파란색 전등갓 안에 들어가 있는 것 같았다. 그곳에는 에어매트리스가 있었고, 줄무늬가 들어간 면으로 만든 침낭 라이너가 뱀이 허물을 벗은 모양으로 동그랗게 말려 있었다. 지퍼가 열린 파우치와 병 밖으로 내용물이 흘러내려 굳은 자국이 남아 있는 매니큐어가 있었고, 데오도런트, 얼굴에 바르는 화장품, 옅은색 머리카락이 어지럽게 엉켜 있는 머리빗, 머리빗에 매어둔 과일 샐러드 방울이 달린 머리끈, 구겨진 감자칩 봉지, 구석에 이만큼 쌓인 군것질 사탕들, 오래되어 보이는 페이퍼백 소설 몇 권이 있었다. 몰리에게서 나는 사과향이 그 텐트에서 났다. 우린 마치 텐트 천만 있으면 우리 소리가 밖으로 들리지 않을 거라는 듯 텐트 입구 쪽에 앉았다.

"몰리," 내가 말했다. "봐, 내가 너 주려고 이거 만들었어. 좀 유치하긴 한데 좋아할 것 같아서. 냄새가 좋아. 여기." 얼굴이 다시 빨개졌다.

"어머, 나 주려고 왕관을 만들었구나. 고마워 실비." 몰리는 화관을 받아들고는 그녀의 보릿빛 머리 위에 얹었고, 나는 쓰다듬어보려고 손을 가져갔다. 안 돼. 나는 손을 거뒀다.

"이거 습지 머틀이야." 내가 말했다. "나는 이 머틀 냄새를 좋아해. 손가락 사이에 넣고 비벼봐. 옛날 사람들도 분명히 이걸 썼을 거야. 침대 같은 데에 넣어뒀겠지. 냄새가 청량하거든." 너처럼. 나는 생각했다. 꼭 너한테서 나는 냄새 같아. 하지만 입 밖으로 꺼내지는 않았다.

"마음에 들어. 꼭 여름 축제의 여왕이 된 것 같아. 고마워." 몰리가 말했다. "자, 그래서 어떻게 된 일이야, 실비. 말해봐." 그래서 나는 몰리에게 이야기했다. 대충 거의 다.

"미쳤구나." 몰리가 말했다. "말도 안 돼. 두 분 완전히 제정신이 아니야. 너 그거 하지 마. 절대 안 돼. 내가 미안해, 실비. 그분들이 그런 걸 너한테 시켜도 된다고 생각했다는 게, 내가 미안해." 몰리가 내 어깨에 팔을 둘렀다. 나는 울지 않았다. 나는 몰리의 어깨에 머리를 누이고는 몰리를 들이쉬었다.

"나랑 같이 있어, 괜찮아. 그냥 나랑 붙어 있어. 내가 그 사람들 아무 짓도 못 하게 할게. 자, 약속." 몰리가 내 머리를 쓰다듬었다.

"하지 마." 내가 말했다. "내 머리 엄청 더러워. 냄새도 날걸."

"냄새 안 나." 그녀의 말이었다. "어쨌든 이렇게 더운 날에는 누구라도 다 냄새가 나지. 안 한다고 얘기했지? 그렇지?"

나는 머리를 가로저었다. "할 수가 없어. 아빠가 불같이 화낼 거야. 넌 안 봐서 몰라. 나는 못 해."

"실비. 그 사람들이 널 묶고 죽이는 척하게 내버려두는 것도 못할 일이지. 너도 알잖아. 안 한다고 말을 하든지, 그걸 고스란히 견디든지 둘 중 하나를 해야 하는데, 넌 그거 안 할 거잖아. 그러니까 가서 말해야 해. 그냥 마음이 바뀌었다고 해. 몰리랑 얘기를 해봤는데 몰리가 하지 말라고 했다고 해. 그 사람들 나한테는 아무 짓도 못 해."

"못 하겠어." 내가 말했다. "미안해, 몰리. 미안해. 그런데 나 못 해." 저 깊은 곳에서부터 떨려왔다. "할 수 없어. 아빠…."

"너희 아빠는 신이 아니야." 몰리가 내 말을 가로챘다. "자기가 원한다고 아무거나 그렇게 너한테 시키면 안 돼."

"나도 알아. 아빠는 신이 아니지. 괜찮아. 난 괜찮을 거야. 아빠하고 교수님이 부탁한 거니까."

"오, 실비. 오, 설리비아, 숲의 여신."

엄마 손에서 기사회생한 플랫브레드와 버섯 요리가 있

었지만, 나는 먹을 수 없었다. "헛배가 부른 모양인가." 엄마가 중얼중얼했다. "이러다가 자기 전에 배고플라." 냇가에도 다녀오고 빵도 먹고 하면서 아마 취기가 다 가셨을 것으로 짐작되는 남학생들은 음식을 남김없이 다 먹었고, 몰리에게 잔소리를 좀 듣더니 설거지를 하러 갔다. 해가 내려와 나무들 속으로 들어갔다.

"내가 같이 가줄게. 가서 말하자." 몰리의 말이었다. "아니면 내 텐트에 가서 좀 쉬어. 네가 생각이 바뀌었다고 내가 이야기할게. 너 이거 하면 안 돼. 이건 하나부터 열까지 말도 안 되고, 어리석고, 옳지 않은 일이야." 나는 고개를 저었다. 너무 늦은 것 같았다.

"다치게 하지는 않을 거야." 내가 말했다. "그건 확실해. 그냥 나는 좀…." 나는 다음 말을 입 밖으로 내는 것조차 어려웠다. 나는 사람들이 보는 앞에서 줄에 묶이지는 않았으면 했다. 내 목에 밧줄을 두르는 걸 아버지가 내켜하지 않았으면 했다. "아냐, 됐어." 내가 말했다. "아침이면 다 끝날 거야. 누가 알아? 해보니까 재미있는 일이 될 수도 있지."

"아니." 몰리의 말이었다. "안 돼. 너 이거 하면 안 돼. 저 사람들 제정신 아니야."

나는 불에 토탄을 넣고 있는 엄마를 도와주러 갔다. "고맙구나." 엄마의 말이었다. "무슨 일 있니? 몰리가 영 생각이 딴 데 있는 사람 같던데." 나는 무릎을 대고 몸을 세웠다. 나는 알고 있었다. 소용없는 일이었다. 엄마가 할 수 있는 일은 아무것도 없었다. 엄마한테 말한다고 달라질 게 없었다. 나는 엄마의 팔을 기억했다. 그 멍든 자국. 누군가 자신을 때리려고 할 때 저항하다가 생기는 방어흔. 아빠가 완력을 쓸 수밖에 없도록 만들었을 때 생기는 자국. 어찌 됐든 다가올 일은 그냥 받아들이는 게 나아. "나도 잘 모르겠어. 몰리는 원래 남자애들이 다른 사람들한테 일 떠맡기는 것 같으면 기분 나빠하잖아요."

그리고 때가 되었다. 몰리는 없었다. 슬레이드 교수는 목에 카메라를 걸고 나타났다. "나중에 혹시 이것에 대해 발표를 하게 될지도 모르니까." 교수가 말했다. "이런 시도를 한 사람이 아직 없는 것 같아."

그리고 아버지가 거친 밧줄 한 타래를 나에게 둘러 감았다. "우리가 만들었다." 아버지가 자랑스럽게 이야기했다. "우리가 어제 하던 일이 이거야. 만들어보니까 상당한 파괴력을 가진 밧줄을 만드는 것도 어려운 일이 아니더라고."

밧줄이 내 빗장뼈를 무겁게 눌렀고, 목을 간지럽혔다. 내 양쪽 견갑골 사이 그 어디쯤, 뒤에서 아버지가 밧줄을 묶었다. 그리고 매듭에 얽힌 나의 기름진 머리카락 몇 개를 골라냈다. "그런 교수형용 매듭 말고요." 슬레이드 교수의 말이었다. "그들의 목적은 목을 부러뜨리는 게 아니었어요. 기억하죠?"

서서히 맞이하는 죽음, 마침내는 목을 졸라 죽이는 일.

"아직 팔은 묶지 않을 거예요." 슬레이드 교수가 말했다. "가다가 네가 넘어지는 걸 우린 원하지 않는단다. 우린 안 그래. 그렇지, 실비?"

나는 위를 쳐다볼 수 없었다. 내 목을 무겁게 누르고 있는 밧줄 때문에 나는 슬레이드 교수의 눈을 볼 수 없었다. 슬레이드 교수가 카메라로 나를 찍었다. 나는 고개를 돌렸고, 웃고 있는 피터가 보였다.

"실비," 댄이 물었다. "실비, 너 이거 정말 괜찮아? 정말 해도 되겠어?"

"당연히 괜찮지." 아버지가 말했다. "우리가 다치게 하지 않을 거란 걸 실비도 안다. 실비는 바보가 아니야."

"실비." 댄이 말했다.

나는 고개를 끄덕였다. "응, 괜찮아."

"빌, 당신이 실비를 데리고 가요." 슬레이드 교수의 말이었다. "어쨌든 실비는 빌 씨의 희생제물인 것 같으니까."

잔디 위로 그림자들이 길게 뻗어 있었고, 전반적으로 낮은 황야지대에는 그때까지도 노란빛이 비스듬히 비추었다. 동쪽으로는 나무들이 어둡게 서서 하늘과 맞닿아 있었고 모든 색이 사라지고 있었다. 늦은 비행을 하는 새들의 무리가 공중에서 날갯짓했다. 집으로 향하는 날갯짓.

아버지가 나보다 앞서 걸었다. 그 탓에 밧줄이 목 뒤편에서 조였다가 풀리기를 반복했고, 한사코 눈앞에서 떠나지 않았다. 밧줄에 머리카락이 끼어서 엉키는 게 느껴졌지만, 손으로 정리를 해보려니 균형을 잃고 휘청거렸다.

"앞을 보고 걷지 않으면 그렇게 되는 거야." 아버지의 말이었다.

"실비, 괜찮아?" 댄이었다.

"응, 괜찮아."

아버지와 걸음이 잘 맞을 때는 아버지와 나 사이에서 밧줄 올가미가 흔들거렸는데, 그렇게 맞춰 걷기란 쉬운 일이 아니어서 올가미는 나를 조롱하다가 떨어지곤 했다. 길을 따라 난 헤더 위에 어지러운 낙서를 남기던 올가미의 그림자. 나는 생각했다. 습지에 다다르면 저 사람들은—아마도 아버지가—내 두 손을 등 뒤에서 묶겠지. 밧줄이 따가울 거야. 습지 미라들은 사투를 벌이지 않았고, 위엄 있게 걸어갔다. 저항하지 마. 정신 잃지 말고. 그러고는 기억이 났다. 눈가리개와 재갈은 죽어가는 사람으로부터 죽이는 사람을 보호하기 위한 것이었다던 아버지의 말. 그러나 나는 그 어떤 저주의 말도 몰랐고, 나는 그들이, 아버지와 슬레이드 교수가, 내 눈 너머에 무엇이 있을지 두려워할 것 같지 않았다.

뒤에서 피터와 댄이 북을 치기 시작했다. 내 심장보다는 느리고, 발걸음을 맞추기에는 너무 빠른 리듬.

습지에 도착했다. 태양은 여전히 암석들 위에 있었다. 아직 시간이 있었다. "옷을 벗겨요." 슬레이드 교수가 말했다. 아버지는 나를 돌려세워 어두워져가는 물을 마주 보게 했고, 다른 사람들은 아버지가 내 손목을 등 뒤에서 묶는 것을 보았다. 나는 아버지를 위해서 손등끼리 엇갈리게 마주 보도록 대고 있었는데, 이내 곧 후회했다. 내 손가락들은 서로를 움켜쥐고서 안정을 찾는 편을 좋아할 것 같았다. 남학생들은 계속 북을 쳤다. 지평선 위 언덕을 향해 난 헤더들의 작은 은신처 아래, 어둑한 황야를 가로지르고 늪과 갈대를 일렁이며 고동치는 북소리.

"다 됐어." 아버지의 말이었다. 너무 세게 조여왔지만, 아마 손목은 어떤 밧줄로 묶어도 심하게 조일 것이다. 손을 묶이고 나니, 척추가 더 똑바로 서고 어깨가 펴졌다. 황새풀을 훑고 온 바람이 내 머리칼을 들어올렸다.

"그리고 다리." 아버지가 말했다.

"그건 아직." 슬레이드 교수의 말이었다. "다리는 나중에 해요. 실비가 저항하지 않는 이상. 이제 우리 쪽을 향하게 실비를 돌려세우죠."

북이 울렸다. 송가가 시작되었다. 나는 함께 부르지 않았다. 묶여 있었지만 이제 더 이상 두려워하거나 부끄러워하지 않는 내가 그들 앞에 서 있었다. 그래, 내가 여기 있어. 그러니 날 죽여.

그들은 새롭게 간 돌칼을 내 이마 위의 머리 선에 댔다. "얼굴에 있는 저거, 아마 수치심을 주려고 그랬을 게다." 아버지가 했던 말이 기억났다. 아버지는 자신의 사냥칼을 내 팔에 대고는 칼을 누르면서 나를 똑바로 보았다. 여기, 그리고 여기. 그저 어떤 고통이었는지 보기 위한 행위. 나도 아버지의 눈을 피하지 않고 바라보았다.

달이 떠오른다. 보름달. 그들은 막대기를 치켜들고 내게 가까이 왔고, 나는 균형을 잃고 물가 끝자락에 넘어졌다. 하지만 아직 할 일이 더 남았으므로 그들은 다시 나를 일으켜 세웠다. 나는 할 수 있는 한 오래오래, 어두워지는 하늘을 따라가는 달의 미세한 변화를 보았고, 시원한 저녁을 가르는 새의 마지막 울음을 들었다. 고통이 느껴졌다. 그들이 돌무더기를 가져왔다. 준비.

몰리가 트루디와 두 명의 경찰을 대동하고 왔다. 나는 여전히 습지를 등진 채 서 있었고, 그리하여 황야를 따라 횃불이 올라오고 있는 것이 보였지만 아무 말도 하지 않았다. 어떠한 경고도 하지 않았다. 그러므로 그들이 아버지를 체포한 것은 나의 잘못이었다.

트루디와 몰리가 밧줄을 풀었다. 나는 춥지 않았지만 두 사람은 내게 덮어주려고 담요를 가져왔고, 나를 이끌어 그 곳을 벗어났다. 태양처럼 길을 이끌고는 마침내 우리를 어둠과 달에 맡기고 사라진 트루디의 횃불. "이제 다 끝났어, 실비." 몰리가 말했다. "이제부터는 우리가 너를 돌봐줄 거야." 성난 남자의 목소리가 높아지는 바람을 타고 전해 졌다.

경찰차와 빨간색 작은 자동차가 출입구, 황야지대 산책로와 도로가 만나는 곳에 서 있었다.

"여기." 트루디가 말했다. "몰리, 뒷좌석에 실비하고 같이 앉아서 갈래? 실비, 너만 괜찮다면 우리는 이제 잠깐 의사한테 들를 거야. 의사 선생님이 너 괜찮은지 확인하려고 기다리고 계셔. 그 뒤에 오늘 밤은 우리 집에서 보내자. 몰리하고 같은 방을 써야 하긴 하지만 그래도 거기가 안전하고 습하지도 않아." 밖도 습하지 않은데. 나는 그렇게 생각했지만 대신에 이렇게 물었다. "엄마하고 아빠는요? 아빠가 허락하지 않을 거예요. 그리고 저는 의사 선생님 안 만나도 돼요. 진짜로요. 전 괜찮아요."

"어머니한테는 누군가가 얘기할 거야." 트루디가 답했다. "그리고 아버지는…. 글쎄다. 누군가가 널 돌봐주고 있다는 걸 아는 것만으로도 다행인 줄 알아야겠지. 아버지 걱정은 안 해도 돼. 의사 선생님도 크게 걱정할 것 없어. 이미 우리가 연락해뒀고, 의사 선생님이 너를 보시는 게 아무래도 더 좋을 거야. 나중을 위해서, 실비."

몰리와 나는 안전벨트를 하지 않아서 트루디가 차를 몰고 코너를 힘껏 돌거나 구릉으로 돌진할 때마다 같이 풀썩 뛰어오르거나 한쪽으로 쏠렸다.

"아니에요, 그러고 싶지 않아요. 누가 절 봐줘야 할 이유가 없어요."

"너 정말 괜찮겠니, 실비?" 트루디의 말이었다. "나중에 우리가 기록으로 남겨뒀으면 하는 거, 정말 아무것도 없니? 칼에 베였잖아. 그 사람들이 그러지 않았어? 보니까 그 남자애는 손에 막대기도 들고 있던데."

"피터예요." 내가 답했다. "그건 피터였어요. 댄은 시작하고 얼마 안 돼서 어디로 가버렸어요. 언제더라…. 칼. 칼 전에요. 맞아요. 확실해요."

차가 휘청거리며 한 번 더 흔들렸다. 몰리가 내게 팔을 둘렀다.

"이제 괜찮아." 몰리가 말했다. "내가 공중전화로 엄마한테 전화했더니 엄마가 경찰한테 연락하고 트루디를 찾아가랬어."

"그럼 경찰이 우리 아빠한테 어떻게 할 건데?" 나의 말이었다. 트루디가 어둠 속에서 뒷좌석을 흘끗 보았다. "경찰들이 가장 최선이라고 생각하는 걸 하겠지." 트루디가 말했다. "몰리는 바른 일을 했고, 이제 그 일은 우리 손을 떠났단다."

차가 코너를 돌자 빛을 받은 나뭇가지들과 초록색 잎들이 눈에 띄었다. 우리는 느려졌다가, 방향을 바꿨다가, 울퉁불퉁한 길을 따라 덜컹거렸다. 트루디가 브레이크를 당기자 사이드브레이크가 끼익 소리를 냈다. 트루디는 엔진을 끄고 헤드라이트는 밝혀둔 채 말했다.

"실비, 내일부터 며칠 동안은 사람들이 계속 같은 질문을 할 테지만, 나도 한 번 더 확인해야 할 것 같구나. 그 사람들이 얼마나 괴롭힌 거니? 여기 다친 데 말고 또 네가 원하지 않았거나, 싫었는데도 신체적으로 접촉한 사람이 있어?"

"아뇨, 아니에요. 그런 거 전혀 없었어요. 저한테 하겠냐고 물어봤고, 제가 싫으면 싫다고 얘기할 수 있었어요."

"정말 확실하니? 혹시 모르니까 네가 샤워를 하기 전에 샘플을 채취해야 할 수도 있어서 그래. 검사를 해야 하니까. 지금 바로 의사 선생님께 검사받을 수 있어. 오래 걸리지 않아. 그게 불편하면 내가 직접 해도 되고."

"아니에요, 아니에요. 그런 일은 진짜 없었어요. 제 아빠 잖아요. 의사 선생님 만날 필요 없어요."

"그래, 네가 정 그렇다면. 네가 정말 그렇다면."

조금 어지럽혀져 있던 트루디의 거실, 그곳에서 트루디 는 그녀의 산파 가방을 꺼내 뭔가 뾰족한 것으로 내 팔에 있는 상처를 소독했다. "눈 감아볼래?" 트루디가 말했다. "여기에 있는 건 그렇게 심해 보이지는 않아." 트루디는 내 게 생리대처럼 보이는 하얀 면 드레싱을 건네줬다. "힘을 살짝 줘서 눌러봐." 그녀의 말이었다. "피는 어쨌거나 이미 많이 멈춘 것 같다. 일단 샤워하고 나오면 그때 붕대를 감 아줄게. 꿰맬 필요는 없을 것 같아."

트루디 집의 핑크빛 욕실에서 샤워하면서 어른 냄새가 나는 뭔가로 머리를 감느라 내 굳은 팔을 들어올리자, 상 처가 다시금 아팠고 피도 조금 흘렀다. 나는 몸을 쭉 빼서 거울로 등에 있던 멍이 옅어지고 있는 것을 보았다. 부드 러운 크림색 수건은 다리에 닿아도 거의 아프지 않았지만, 팔에서 난 피 때문에 핏자국이 남았다. 팔목에는 치료용 밴드들이 붙여져 있었고 멍이 올라올 것 같기도 했지만 트 루디의 말이 맞았다. 얼굴에 난 상처는 거의 보이지도 않 았다. 그새 팽팽하게 얇아진 빨간 볼펜 선.

트루디가 방문을 두드린 후 깨끗한 잠옷, 팔에 감을 붕 대, 그리고 찬바람과 함께 들어왔을 때, 나는 수건으로 몸

을 감쌌다. 그녀가 내 어깨를 흘끗하는 것을 봤지만 그녀
는 아무 말도 하지 않았다. "자, 이제 해보자. 상처를 잘 덮
어야지. 그래도 될까?"

트루디는 내가 자게 될 일인용 침대 옆 바닥에 몰리의 잠
자리를 봐주었다. 내가 잠옷으로 갈아입고 욕실에서 나오
자 몰리가 일어나 앉았다. "아, 실비." 몰리가 말했다. "멍
이 아직도 남았네. 요 조그만 것을." 그러고는 무릎을 꿇고
앉아 그녀의 차가운 손가락을 내 허벅지에 가져다 대었다.
나는 몰리의 금빛 머리칼을, 빌려 입은 티셔츠 안에 속옷
을 입지 않은 그녀의 가슴을 내려다봤다. 몰리는 일어나서
나를 안았다. 등에 몰리의 부드러운 팔이 느껴졌다. 나는
얼굴을 몰리의 머리카락에 묻고서, 숨을 들이쉬면 습지 머
틀 왕관의 향기를 아직 빨아들일 수 있을지도 모른다는 생
각을 했다.

"같이 자면 안 돼?" 내가 말했다. "부탁이야. 오늘만." 몰
리는 침대로 가더니 낡은 갈색 침대 커버를 젖혔다.

"누워." 몰리가 말했다. "내가 바깥쪽에서 잘게. 그래야
너하고 이 모든 것 사이에 내가 있다는 걸 네가 알지."

그러고는 나를 감싸 안았다. 내 다리를 감싸는 몰리의
벗은 다리. 내 배 위에서 편히 쉬는 그녀의 손가락들. 어깨
에 닿는 그녀의 따뜻한 숨. 그리고 나는 그 짧은 여름밤의
끝자락에서 담쟁이덩굴이 자라는 트루디네 작은 집 창문
너머의 보름달을, 그리고 여명을 보며 몸을 뉘었다.

작가의 말

이 책은 두 사건에서 시작되었다. 첫 번째 사건은 헥삼 문학 축제Hexham Literary Festival 10주년을 축하하기 위해 노섬벌랜드 레지던스에 참여한 것이었다. 그곳에 나를 초대하고 나의 여러 가지 일을 봐주었던 수지 트룹Susie Troup에게 감사의 말을 전한다. 헥삼에 있는 코기토 북스Cogito Books의 클레어Claire와 힐러리Hilary가 이 떠돌이 작가에게 베푼 친절함에도 감사를 표한다. 또한 브리지 하우스Bridge House의 웬디 브리치Wendy Breach가 완벽한 장소를 제공해주었다. 내가 가장 깊이 감사하는 사람은 앤디 베이츠Andy Bates로 가죽, 복제 모형, 그리고 재연에 대한 내가 아는 모든 것을 가르쳐준 사람, 습지 미라를 알려준 사람이 바로 그다. 책에 나오는 사실 혹은 개연성에 오류가 있다면 그것은 모두 나의 잘못이고, 진실의 대부분은 그가 내게 말해준 것이다.

이 책을 쓰는 데에 영감이 된 두 번째 사건은 스코틀랜드 국립박물관에서 열린 〈스코틀랜드의 사람들〉 전시였다. 나는 그곳에 철기시대와 청동기시대의 국경 지역 거주 민들이 소유했던 물품들과 그들의 사체를 보기 위해 갔다. 철기시대 및 로마 소장품을 관장하는 수석 큐레이터 프레이저 헌터Fraser Hunter 박사에게 감사한 마음이다. 그는 나의 갑작스러운 요청에도 불구하고 〈죽은, 가끔은 매장된〉이라는 전시에 대한 팻 맥과이어Pat McGuire의 너무나 감격스러운 짧은 글을 갖은 어려움에도 불구하고 찾아서 내게 보내주었다.

워릭 문예창작 프로그램Warwick Writing Programme과 워릭대학교 영문학과에서 함께하고 있는 동료들, 윌 이브스Will Eaves, 모린 프릴리Maureen Freely, 알 케네디AL Kennedy, 팀 리치Tim Leach, 티나 럽턴Tina Lupton, 데이비드 몰리David Morley, 그리고 챈털 라이트Chantal Wright에게 고마운 마음을 전한다.

초고를 읽어준 시네이드 무니Sinéad Moony에게, 고고학에 대해 함께 이야기를 나눈 케시 맥도널드Kathy MacDonald에게, 탁월한 묘사와 더불어 현명한 조언과 애프터눈티를 제공해준 애나 웨버Anna Webber에게, 그랜타 북스Granta Books의 모든 사람들, 특별히 나의 편집자이자 친구인 멋진 래모나 엘머Lamorna Elmer, 그리고 맥스 포터Max Porter에게 늘 그렇듯, 감사의 뜻을 전한다.

《유령의 벽》은 2009년에 발표한 《콜드 어스Cold Earth》 이후로 꾸준히 저작 활동을 이어가고 있는 영국의 여성 작가, 세라 모스의 여섯 번째 소설이다. 영문학을 전공했고 현재 대학에서 문예창작을 가르치고 있는 한편 고고학에도 상당한 관심이 있는 세라 모스는 이번 소설에서 그녀의 뛰어난 작가적 상상력을 동원하여 그녀가 특별히 관심을 기울인 '습지 미라'에 관해 깊은 사유의 기회를 제공하며, 고대 브리튼과 현대를 잇는 인간의 야만성과 폭력성을 유려한 필치로 서술한다.

짧지만 상당한 고고학적 지식과 깊이 있는 현대적 사유를 담고 있는 《유령의 벽》은 그 풍성함에 기대어 읽을 수 있는 결 또한 다양한 작품이다. 먼저 열일곱 소녀 실비가 갖는 사회경제적 위치와 그에 수반되는 제한적 자유를 통해 젠더, 계급, 그리고 지역이 유발하는 격차와 불평등을 보여주고 있으며 인간의 인간에 대한 억압과 폭력, 그리고 그것을 해체하는 연대의 힘을 보여주고 있다. 그것만이 아니다. 소설이 출간된 2018년, 브렉시트 문제로 세대 간, 지역 간, 계급 간 갈등이 첨예하게 불거졌던 영국의 국내 독자들은 민족 원형을 갈망하는 실비의 아버지, 빌 씨의 캐릭터에서 브렉시트 이슈에 잠재한 민족주의와 타자에 대한 경멸을 읽기도 했다.

이 글은 여러 매체와의 인터뷰를 통해 세라 모스가 직접 《유령의 벽》에 대해 이야기한 것들을 바탕으로 소설의 몇 가지 주제들을 간략하게 소개함으로써 책의 마지막 페이지를 넘긴 여운을 갈무리하는 데에 도움이 되고자 쓴다.

순수 원형과 타자

소설의 공간적 배경인 잉글랜드 북부는 작가 세라 모스의 실제 고향이다. 그녀가 대학에 진학하기 전까지 유년 시절을 보낸 이 지역은 과거 영국의 산업혁명을 이끌며 광산업 및 산업 발전으로 호황을 누리다가 쇠락한 지역이다. 소설의 시간적 배경인 90년대의 이곳에선 이미 왕년의 화려했던 역사의 흔적조차 찾기 어려웠다. 쇠락한 지역경제와 함께 강인한 육체노동으로 남성의 힘을 증명하던 가부장들도 자신의 자리를 잃었다. 이러한 사회경제적 맥락을 배경으로 등장하는 인물이 바로 실비의 아버지, 빌 씨다.

그는 비어버린 자신의 정체성과 권력의 자리를 고대 영

국이라는 이상적인 개념에 탐닉함으로써 채워간다. 브리튼 섬은 고대 이후로 누군가 들어오고 나가는 역사가 반복되었고, 그리하여 순수 혈통의 영국인을 찾으려면 로마시대 이전에 이 섬에 살았던 사람들을 소환해야 가능해진다. 빌 씨는 그들이 순수 영국인이라 믿고, 자신이 그들의 후손이라 믿으며, 그들의 후손이기에 자신의 가치가 증명된다고 믿는다.

또한 작가의 말처럼 고대 영국의 세계는 빌 씨의 남성성이, 그리고 그가 누구보다 잘 알고 있는 자연 세계에 대한 지식이 필요한 세계이자 인정받는 세계이고 영향력을 발휘하는 세계이기도 하다. 따라서 이 가치를 계속 지키고 증명하기 위해서는 빌 씨 자신이 누구보다 선사시대 선조들의 생활상에 대해 많이 알고 실천해야 하는바, 그는 선사시대에 대한 지식을 자신의 권력으로 삼고 이를 가정을 통제하는 기제는 물론 외부 세계를 판단하는 기준으로 삼는다. 그리고 이러한 '진짜' 영국인에 대한 믿음, 거기에 잇따르는 타자에 대한 거부와 적대가 브렉시트를 찬성하는 이들의 논리의 밑바탕과 맥이 닿아 있었다.

이와 관련하여 덧붙이면, 작가는 '유령의 벽'을 소설 속에서 재생시킴으로써 현재 세계 곳곳에서 도드라지고 있는 장벽에 대한 사유를 제공하기도 한다. '유령의 벽'은 로마시대 역사가 타키투스의 저술에서 간략하게 언급된 것인데, 기록에 따르면 로마군에게 저마다의 방식으로 대항

한 잉글랜드 북부 부족 중 한 부족이 벽을 세우고 선조들의 유해를 매달아 전시하는 방식으로 저항을 했다고 한다. 당연히 이런 주술은 승리에는 큰 영향을 끼치지 못했다. 작가는 트럼프 전 미국 대통령이 미국과 멕시코 국경에 세우려고 했던 벽, 그리고 브렉시트를 비롯해 현재 세계 곳곳에서 높아지고 있는 타자에 대한 유형무형의 벽들이 '유령의 벽'과 다르지 않으며, 이 벽들은 실제로 누군가를 막는 기능을 기술적으로 탁월하게 수행하기보다는 적대의 뜻을 전하는 신호로서 기능하고 있다고 본다. 《유령의 벽》에서도 모종의 긴장 관계에 놓여 있던 슬레이드 교수와 빌 씨가 '유령의 벽' 재연을 계기로 서로 단합하고, 그 단합의 결과로 실비라는 희생양을 낳았던 것을 상기한다면, 우리는 무엇을 위해 벽을 세우고, 어떤 결속을 다지며, 그럼으로써 무엇을 배제하고 희생시키고 있는지 생각해봄 직한 일이다.

습지 미라: 피해자 중심의 서술

작가는 인터뷰를 통해 《유령의 벽》 속의 폭력은 가해자가 아닌 피해자의 위치에서 쓰였다고 명백하게 밝히고 있다. 작가는 독자를 가해자의 위치에 세워 피해자에게 가하는 폭력을 독자가 훔쳐보게끔, 그럼으로써 가학적인 자극을 느끼게끔 쓰지 않았다. 실비가 아버지 빌 씨로부터 폭력을 당하는 동안 고통을 감내하며 혹은 감내하기 위해 머릿속으로 떠올리는 생각들, 그 이후에 몸에 남은 멍을 들여다보는 모습, 아버지에 대한 이율배반적인 심경, 실비의 행동 제반을 제한하는 폭력에 대한 공포와 무기력 등 전적으로 피해자, 특히 그의 심리를 중점적으로 그렸다.

습지 미라라는 희생자에 대한 태도도 마찬가지다. 습지 미라에 대한 빌 씨와 실비의 태도는 명백하게 길을 달리하는데 습지 미라의 죽은 경위, 즉 가해자가 피해자를 어떠한 방식으로 죽였는가에 관심이 많은 것이 빌 씨라면, 실비는 그가 미라가 되기 전에 누렸던 생, 죽음을 기다린 마음 등 피해자의 위치에서 습지 미라를 사유하며 공감한다.

습지 미라는 간단히 설명하면 북유럽, 특히 덴마크, 독일, 영국, 아일랜드, 그리고 네덜란드 등지의 습지에서 발견되는 썩지 않고 보존된 인간의 유해다. 고대에 묻혀 이천여 년의 시간을 지켜낸 이들 습지 미라는 대개 보존력이 뛰어난 호우 영양 습지ombrotrophic bogs에서 발견되는데, 이들이 이렇게 보존될 수 있었던 것은 호우 영양 습지에 미네랄과 산소가 거의 없고 산이 많으며, 거기에 북유럽의 낮은 온도까지 더해져 인간의 유해가 썩지 않고 보존되는 환경이 형성되었기 때문이다.

17세기 이후 계속해서 심심찮게 발견되는 것과는 별개로 현재 고고학에서 이들에 대해 밝힐 수 있는 것은 거의 없으며, 최근에 와서야 이중에너지 CT 스캐너 검사나

DNA 검사를 습지 미라의 보존 상태에 따라 제한적으로 실시할 수 있게 된 상황이다. 그러니까 습지 미라의 몸 '밖'의 일, 즉 이들을 왜 죽였는지에 대한 이유나 정황은 연구가 추가로 필요한 상황이고, 현재로서는 당시 습지가 물도 아니고 땅도 아닌, 그 중간에 있는 신성한 장소로 받아들여졌다는 것에 기반하여 제의를 드리는 희생제물이었을 것이라고 추정할 뿐이다.

그러나 이 입장도 추론일 뿐, 현재 고고학에서 습지 미라에 대해 확실하게 밝힐 수 있는 진실은 아직 없다. 또한 해당 지역 습지에서 발견되는 보존된 유해들을 현대인들은 '습지 미라'라는 이름으로 통칭하지만, 그들이 습지에 밀어넣어진 이유 또한 단 하나일 것이라고 보기는 어려우며, 습지에 밀어넣어진 '사연'은 각양각색일 것이다.

이 소설을 집필하는 동안 염두에 뒀던 제목은 '유령의 벽'이 아닌 '희생양'이었다는 작가의 말을 생각한다면, 《유령의 벽》은 젠더와 계급이 다양하게 교차하는 7인의 철기시대 재연가들, 그리고 그 인물들 간의 역학관계 사이에서 희생양이 된 실비라는 여자아이의 이야기를 피해자 본인의 시각으로 서술함으로써, 철기시대의 희생양이었던 '습지 미라'를 현대적으로, 그러나 피해자의 입장에서 재구성하여 이해해보려는 노력의 산물이라 볼 수 있을 것이다.

다시, 유령의 벽

등장인물이 재연함으로써 우리가 어슴푸레하게 알게 되는 이천 년 전 철기시대 사람들은 생존을 위해 늘 크고 작은 살인을 저질러야 했다. 식물의 뿌리를 뽑아내고, 물고기를 잡아 도려내고, 토끼를 살육하고, 동물의 뼈를 발라내 벽에 걸었다. 동물의 가죽으로 북을 만들어 쳤다. 아무런 거리낌과 미안함도 없이. 그리하여 실비는 말한다. "삶이란 전부 해를 끼치는 것이구나. 우리는 죽임으로써 사는구나."

생존을 위해 누군가를 희생해야 했던 철기시대 사람들의 생존 매커니즘은 그것을 재연하는 현대인 7인의 생활 속에서도 유효한 것으로 보이며, 어쩌면 그것은 소설 밖 우리에게도 유효한 것인지 모른다. 이에 대응하여 작가는, 폭력과 희생을 필연적으로 수반하는 우리의 삶에 대하여 다음과 같이 '의식'을 행할 것을 요청한다: "죽은 동물들, 우리가 고의로 죽여온 것들을 위해, 왜 어떤 식으로라도 의식을 행하지 않는가. 죽어가는 일은 여전히 존재한다."

이 요청은 실제적인 행위로서의 의식을 요청하는 것이 아니라, 실비가 '유령의 벽' 앞에서 보였던 그 겸허함과 경의처럼 우리도 우리 삶에 만연한 폭력, 그리고 그 폭력의 희생자들, 피해자들에게 겸허함과 경의를 보이기를 바라는 요청일 테다. 그리고 그러한 피해자에 대한 공감의 마음이 있을 때, 줄곧 약자의 편에 섰던 '몰리'라는 여성 인물이 '실비'를 구출하듯 방어적 파괴성과 그것의 이천 년을 뛰어넘는 역사성이 우리에게 본능처럼 각인되어 있다고 해도, 그것을 딛고 서로를 구원할 힘이 생길 것이다.

습지 미라, 죽었으나 죽지 않은 채로 이천 년을 산 그들. 폭력의 주체가 밀어넣은 세계에서 살아 돌아올 수도 없고 그 너머의 길을 갈 수도 없이, 그저 그 자리에서 이천 년을 보낸 그들은 《유령의 벽》을 통해 아버지의 폭력, 여성에 대한 차별, 그리고 계급적 편견 아래 놓여 극복의 길을 찾지 못하고 새로이 나아갈 수 있는 길을 찾지 못하는 실비, 더 나아가 이 시대의 희생자들과 조응한다. 우리는 작가가 요청하는 '의식'을 행할 수 있는 겸허함과 경의를 품고 있는가. 그리하여 폭력의 한 꺼풀을 벗어내고 서로의 탈출을 도울 수 있을 것인가.

번역에 대하여

세라 모스가 쓴 원서의 문장은 꼬리에 꼬리를 물고 이어져 길이가 상당히 길었다. 독립된 문장들 여럿이 따옴표로 길게 이어지기도 했다. 이러한 문체는 세라 모스 작품의 전반적인 특징이기도 한데 《유령의 벽》에서도 영국 농촌 풍경, 실비의 경험, 습지 미라에 대한 실비의 생각 등이 길게 이어붙여 묘사되어 있었고, 인물 간의 대화도 따옴표나 행 바꿈 없이 연속적으로 이어졌다. 초고는 이러한 원서의 특징을 반영해 번역했으나 역시 가독성 저해가 우려되어 편집자와 협의 아래 적절한 문장 나눔, 문단 나눔과 더불어 따옴표도 새로 붙였다.

또한 앞서 말한 바와 같이 실비네 가족은 북부지역 사람들이다. 그래서 북부지역 사투리와 억양을 가졌을 텐데 번역에서 그것이 구현되지 못했다. 그 까닭은 첫째로 번역가의 부족함으로 자칫 어설픈 사투리를 구사해 오히려 독자와 작품의 거리를 멀게 하는 결과를 낳을 수 있을 것이란 판단이 있었고, 둘째로 이 작품 속 '북쪽 사람들'이란 계급적 차이 및 영국 내 작품 수용 과정에서 있었던 정치적 함의가 포함된 그룹이기 때문에 국내의 특정 지역 사투리로 이들을 표현할 경우 본의 아니게 한 지역을 일련의 특징을 가진 집단으로 매도하는 결과를 낳을까 우려했다. 그리하여 사투리보다는 사회경제적 특징과 인물 개인의 성격을 고려해 번역했으며, 불가피하게 사투리가 필요했던 장면에서도 지역을 특정할 수 없는 방언으로 번역했다. 원서가 가진 특징을 설명으로나마 올바로 밝히기 위해 긴 변명을 덧붙인다. 독자들의 너그러운 양해를 구한다.

세라 모스는 꾸준히 소설을 쓰며 서서히 인정받아온 영국의 작가다. 많은 이들이 긴 시간 축적된 단단함을 바탕으로 한 그녀의 장래성을 확신하고 있다. 자신만의 톤으로 섬세한 필치를 구축한 뛰어난 작가가 이 책《유령의 벽》을 기회로 한국에 소개되어 기쁘다.

◎ '옮긴이의 말'에서 참고한 글

"The Interview: Sarah Moss on Ghost Wall", Waterstones. https://
www.waterstones.com/blog/the-interview-sarah-moss-on-ghost-
wall-b628cbed

"Sarah Moss on Ghost Walls, Violence Against Women, and Social
Structures", Literary Hub. https://lithub.com/sarah-moss-on-
ghost-walls-violence-against-women-and-social-structures/

"Europe's Famed Bog Bodies Are Starting to Reveal Their Secrets",
Smithsonian Magazine. https://www.smithsonianmag.com/
science-nature/europe-bog-bodies-reveal-secrets-180962770/

유령의 벽

1판 1쇄 펴냄 2021년 7월 15일

지은이　　　세라 모스
옮긴이　　　이지예
편 집　　　안민재
디자인　　　룩앳미
제 작　　　세걸음
인쇄·제책　　상지사

펴낸곳　　　프시케의숲
펴낸이　　　성기승
출판등록　　2017년 4월 5일 제406-2017-000043호
주 소　　　(우)10885, 경기도 파주시 책향기로 371, 상가 204호
전 화　　　070-7574-3736
팩 스　　　0303-3444-3736
이메일　　　pfbooks@pfbooks.co.kr
SNS　　　@PsycheForest

ISBN　　　979-11-89336-37-0　　03840